Kurt Lehmkuhl: Tödliches Vertrauen

AF284966

Kurt Lehmkuhl

Tödliches Vertrauen

Kriminalroman

Bibliografische Information der Deutschen Nationalbibliothek: Die Deutsche Nationalbibliothek verzeichnet diese Publikation in der Deutschen Nationalbibliografie; detaillierte bibliografische Daten sind im Internet über www.dnb.de abrufbar.

Dieser Roman wurde 1998 unter dem Titel „Vertrauen bis in den Tod" im Meyer & Meyer Verlag, Aachen veröffentlicht. Der Abdruck erfolgt mit freundlicher Genehmigung des Gmeiner-Verlags, Meßkirch. Er veröffentlicht diesen Roman in seiner Reihe „E-Book only" ISBN 978-3-7349-9394-7

Herstellung und Verlag: BoD – Books on Demand, Norderstedt.
ISBN 9783751907910

Alles vorbei

„Schluss! Aus! Feierabend!" Verärgert war Gisela am Haltepunkt der Rurtalbahn in Nideggen-Brück neben dem heruntergekommenen und verbarrikadierten Bahnhofsgebäude von ihrem Fahrrad gesprungen und schüttelte energisch ihren Kopf mit den langen, blonden Haaren. „Keinen Meter weiter. Ich warte hier auf die Eisenbahn und fahre nach Düren zurück", erklärte die schlanke, große Schönheit entschlossen.

Bahn und Waldhausen schauten die Frau Anfang Dreißig verständnislos an. Nach ihrer Auffassung war doch gar nichts passiert. Sie hatten an diesem schönen Herbstsonntag mit Gisela und Thea eine kleine Radtour von der Börde in die Eifel entlang der Rur auf dem Ruruferradweg gemacht und wurden jetzt von dieser unerklärlichen Reaktion überrascht.

„Was ist denn los?", fragte Helmut Bahn seine attraktive Freundin. Ihm schmeichelte es durchaus, dass Sabine in den Augen der meisten Männer eine der sogenannten Traumfrauen war; aber er würde sich hüten, es ihr zu sagen. Er wollte sie beruhigen, doch erreichte er genau das Gegenteil.

„Was los ist, willst du wissen?" Gisela lachte verbittert auf und funkelte Bahn mit ihren blauen Augen zornig an. „Da gurkt ihr mit uns von Jülich bis nach hier immer den Fluss entlang und versucht dabei, Geschwindigkeitsrekorde aufzustellen." Sie lehnte ihr Fahrrad an den stabilen Drahtzaun, der den Vorplatz von der Gleisanlage trennte. „Ich kann nicht mehr. Ich mag nicht mehr. Ich will nicht mehr", sagte sie entschieden.

„Ich auch nicht", meldete sich Thea zaghaft zu Wort. „Ich möchte auch zurück." Scheu lächelte sie Waldhausen an und sah ihn mit ihren rehbraunen Augen zärtlich an. „Wenn ihr wollt, könnt ihr ja noch weiter bis nach Blens", schlug sie versöhnlich vor, „aber ohne mich."

„Und ohne mich!" Gisela fühlte sich noch stärker mit der zierlichen Thea im Rücken. „Wenn wir weiterfahren, habt ihr bald eine tolle Geschichte für euer Käseblatt. Ich habe auch schon einen Titel: Gepeinigte Frauen sterben an der Rur."

Bahn und Waldhausen merkten spätestens jetzt, dass sie verloren hatten. Wenn die Frauen Einigkeit zeigten, standen die Männer erfahrungsgemäß auf verlorenem Posten.

Zähneknirschend beugte sich Waldhausen seinem Schicksal. Er sah erst seinen Kumpel Bahn

6

an, dann Gisela und schließlich Thea. „Okay, fahren wir zurück." Begeistert war er von diesem Entschluss wahrlich nicht, wie seine Begleiter an dem verkniffenen Gesichtsausdruck leicht ablesen konnten. Der austrainierte Radfahrer war gerade einmal warm geworden bei dieser Tour de Rur.

Mit der Rurtalbahn waren die vier am Morgen von Düren nach Jülich gefahren und von dort entlang der Rur mit den Fahrrädern in Richtung Eifel. Am Stausee in Obermaubach hatten sie in einem Restaurant erst vor einer knappen Stunde die Mittagspause beendet und sich auf den Weg nach Heimbach gemacht. Hinter dem Stausee war die Strecke schwieriger geworden, da ging es manchmal schon bergan. Doch das war für Waldhausen längst noch kein Grund, abzubrechen. Aber er sah auch ein, dass er gegenüber den anderen schon im Vorteil war. Er fuhr ebenso wie Bahn auf einem leichten Sportrad, während die Frauen mit einfachen Straßenrädern unterwegs waren.

„Was ist?" Thea unterbrach Waldhausens Gedankengänge. Er und Thea hatten in der letzten Zeit zueinander gefunden, und sie konnte gut erahnen, was in ihm vorging.

Es war nach der letztjährigen Annakirmes schon mehr als eine Freundschaft zwischen Thea und

Waldhausen entstanden, wenngleich ihr Verhältnis bei weitem noch nicht von so langer und intimer Verbundenheit war wie das des Dauerpaares Bahn und Gisela.

Thea hatte dennoch schon davon gesprochen, ihren Halbtagsjob in der Redaktion des Dürener Tageblatts wieder aufzugeben. Es sei nicht gut, wenn beide Partner an einer Arbeitsstelle tätig wären, hatte sie Waldhausen erklärt.

Doch Waldhausen hatte sie nicht gehen lassen, er hatte gewissermaßen als Redaktionsleiter ihre Kündigung nicht angenommen. Sie könne nicht gehen, hatte er ihr gesagt. Sie käme doch viel besser mit dem Kollegen Bahn klar als er selbst. Auch wenn Bahn sein Freund sei, so könnten sie und Gisela viel besser mit ihm umgehen.

„Ach, nichts", antwortete Waldhausen nach langer Pause auf die Frage seiner Partnerin. Er schaute noch einmal bedauernd zur Nideggener Burg, die hoch über dem Tal thronte, und wandte sich anschließend der Schautafel zu, an der der Fahrplan angeschlagen war. „Wir haben Glück", meinte er nach einem kurzen Blick, „in zehn Minuten fährt ein Zug in Richtung Düren."

Bahn und Gisela verließen mit ihren Rädern die Rurtalbahn schon am Bahnhof in Kreuzau. Von dort war der Weg noch am kürzesten zur Boisdorfer Siedlung, wo Bahn an der Kampstraße vor einigen Jahren ein Haus gekauft hatte. Normalerweise lebte er darin mit Gisela, wenn sie nicht gerade einmal wieder aus verschiedenen Gründen ausgezogen war. Aber es war in den letzten beiden Jahren erstaunlich friedlich zwischen ihnen zugegangen, was Gisela vor kurzem zu der euphorischen Bemerkung veranlasst hatte: „Wir sind schon fast ein Ehepaar", woraufhin Bahn am liebsten sofort ausgezogen wäre.

An der Endstation am Dürener Hauptbahnhof stiegen Thea und Waldhausen aus, um in den Zug zu wechseln, der weiter in Richtung Jülich fuhr. Am Haltepunkt in Huchem-Stammeln wollte Waldhausen mit seiner Partnerin aussteigen und sie zu ihrer Wohnung an der Zollhausstraße in Birkesdorf begleiten.

Er hatte sich vorgenommen, anschließend noch eine kleine Tour über Gürzenich in Richtung Schevenhütte und über den Rennweg nach Gey zu machen.

Die beiden warteten allerdings vergebens auf den Anschlusszug. Die Verbindung der Rurtalbahn in Richtung Jülich sei aufgrund eines technischen Defektes unterbrochen, quäkte es aus dem Lautsprecher. Auf dem Zentralen Omni-busbahnhof stünden Sonderbusse der Dürener Kreisbahn bereit, die die Zugfahrer zu ihren Zielen transportieren würden.

Dem Schicksal ergeben trollten sich Waldhausen und Thea wie die vielen anderen Sonntagsausflügler, die den Altweibersommer ausgenutzt hatten, zum Bus und mussten dann feststellen, dass eine Fahrradbeförderung nicht vorgesehen war. Notgedrungen traten sie in die Pedale und fuhren über Nord-Düren nach Birkesdorf.

Die Einladung zu einer Tasse Kaffee konnte Waldhausen einfach nicht ausschlagen. Wenn ihn Thea Schramm mit ihren scheuen Rehaugen ansah, musste er ihr alle Wünsche erfüllen. Die nicht einmal 30-jährige, zarte Witwe hatte es ihm angetan, und auch Thea machte keinen Hehl daraus, dass sie Waldhausens Nähe genoss. Als Chef war er zwar nicht immer einfach, weil er seinen Mitarbeitern viel abverlangte, auch ohne große Anweisungen zu geben. Als Mensch hingegen war er zurückhaltend und ruhig.

Er erinnerte Thea manchmal an ihren Mann Konrad, der vor knapp zwei Jahren an Schloss Burgau gestorben war. „Den hätte ich gerne kennengelernt", hatte Waldhausen schon oft gesagt, wenn Thea oder Bahn von Konrad erzählten oder Thea ihm und ihrem Sohn Konrad junior Bilder des Vaters zeigte.

Waldhausen war erst Anfang letzten Jahres Lokalchef des Dürener Tageblatts als Nachfolger des unter mysteriösen Umständen aus dem Leben geschiedenen Werner Taschen geworden. Er hatte die Redaktion völlig umgekrempelt und einen neuen Arbeitsstil eingeführt, bei dem er jedem einzelnen Redakteur viel Eigenverantwortung übertragen hatte. Der 33-Jährige ließ die Kollegen, die allesamt älter waren als er, gewähren, sie wussten, dass er hinter ihnen stand und er ihnen Rückendeckung gab, wenn sich jemand über sie beschwerte.

Zu Helmut Bahn, der nur zwei Jahre mehr auf dem Buckel hatte als er, hatte Waldhausen, nicht zuletzt durch die gemeinsamen Erlebnisse der letztjährigen Annakirmes, eine tiefe Freundschaft entwickelt. Sie vertrauten und ergänzten sich gegenseitig.

Waldhausen profitierte immer noch von den ausgezeichneten Kenntnissen, die der in Düren geborene Bahn in den fast 15 Jahren seiner journalistischen Laufbahn gemacht hatte. Bahn selbst war durch den Einfluss von Waldhausen besonnener geworden. „Früher bist du ins Wasser gesprungen und hast dann festgestellt, dass es verdammt kalt war. Jetzt springst du erst, wenn du weißt, wie kalt das Wasser ist", hatte Waldhausen seinem Freund erklärt. „Das ist doch schon ein Fortschritt."

Früher, da war Bahn pro Woche mindestens einmal unbeherrscht durch die Redaktionsräume getobt und hatte wutentbrannt seinen Schreibtisch leer gefegt. Mittlerweile ließ er es dabei bewenden, in heiklen Situationen einmal den Papierkorb als Fußball zu missbrauchen, aus der Redaktion zu verschwinden und dann flötend durch die Fußgängerzone zu gehen.

Thea hatte gerade ihre Wohnung in der ersten Etage des alten, roten Backsteinhauses betreten, als das Telefon klingelte. Waldhausen war noch damit beschäftigt, die Fahrräder durch den Flur in den Innenhof zu tragen.

„Für dich, Fritz!", rief Thea ihm durchs geöffnete Küchenfenster zu. „Helmut will dich sprechen."

„Privat oder dienstlich?"

„Keine Ahnung", antwortete Thea, „aber er hört sich aufgeregt an."

Da musste etwas passiert sein. Nicht ohne Grund würde Bahn am dienstfreien Sonntag zum Telefon greifen, dachte sich Waldhausen.

„Was ist denn, mein Freund?", fragte er betont ruhig und gelassen.

„Wie seid ihr nach Birkesdorf gekommen?", fragte Bahn hastig zurück.

Waldhausen stutzte. „Mit dem Fahrrad. Der Zug in Richtung Jülich ist ausgefallen."

„Und weißt du, warum?"

„Technischer Defekt, so wurde uns gesagt", sagte Waldhausen gespannt. Warum fragte Bahn danach? „Was soll das?"

Bahn lachte auf. „Von wegen technischer Defekt. In Höhe Birkesdorf vor dem Industriegelände wurde ein Mann von einem Schienenbus überrollt. Da ist alles abgesperrt." Er machte eine kleine Pause. „Ich fahre jetzt raus. Sorge du dafür, dass wir noch Platz für morgen bekommen."

Bei Bahn war wieder das Jagdfieber ausgebrochen. Er konnte nicht anders. Wenn es irgendwo brannte, musste er neben dem Feuerwehrmann am Wasserschlauch stehen und darüber berichten. Bahn hatte garantiert nicht den Kollegen angerufen, der heute Sonntagsdienst schob und der verständlicherweise am späten Nachmittag längst schon Feierabend im Kreise der Familie machte.

Waldhausen rief zunächst in der Zentralredaktion des Tageblatts in Köln an und bat darum, die erste Lokalseite offen zu halten. Anschließend informierte er den diensthabenden Kollegen. Er solle zu Hause bleiben, beruhigte ihn Waldhausen. Bahn würde schon alles regeln.

„Ich muss los", sagte er zu Thea, nachdem er ihr die Situation geschildert hatte.

Sie schwieg dazu. Waldhausen war nicht viel anders als Bahn oder als Konrad, sagte sie sich. Die hatten alle Druckerschwärze in den Adern und ließen alles stehen und liegen, wenn es um ihre Zeitung ging. Es hatte gar keinen Zweck, sie bremsen zu wollen.

„Wenn du meinst", sagte sie schließlich verständnisvoll, „aber sage mir bitte anschließend, was passiert ist." Thea lächelte Waldhausen an und drückte ihn kurz an sich. „Ich warte auf dich."

Mit dem Fahrrad fuhr Waldhausen schnell quer durch Birkesdorf in Richtung Autobahnzubringer. An der großen Kreuzung hatte die Polizei die Straße nach Arnoldsweiler gesperrt und leitete den Verkehr um.

Zeitgleich mit Bahn, der mit seinem alten Porsche aus der Boisdorfer Siedlung heranrauschte, kam Waldhausen an der Sperre an. Er hatte es Bahn zu verdanken, dass er überhaupt passieren konnte und weiterfahren durfte.

Bahn war bei den Polizisten bekannt, der Name Waldhausen hingegen sagte ihnen nicht viel.

Die beiden Journalisten hatten schon viele Verkehrsunfälle miterlebt. Aber immer noch erschauderten sie bei der beklemmenden, unnatürlichen Stille, die über einem Unfallort schwebte. Es war dieses Mal nicht anders. Ein Rettungswagen, ein Wagen der Feuerwehr, zwei Polizeiwagen und der Leichenwagen standen geparkt auf der Straße unmittelbar vor dem Schienenstrang, der sich von Düren schnurgerade über die Straße hinweg am großen Gewerbegebiet „Im großen Tal" vorbei in Richtung Huchem-Stammeln zog. Eine kleine Fläche, rechts neben der Straße fast im freien Feld, die nur von einer Böschung umrahmt wurde, hatte die Polizei mit Flatterband abgesperrt. Keine siebzig Meter entfernt stand der Zug der Rurtalbahn. In den hellen, weiß-blauen Waggons saßen immer noch die Fahrgäste. Leise unterhielten sich einige Menschen miteinander.

„Auch schon da?" Nicht ohne Schadenfreude begrüßte Lars Krupp die beiden Kollegen des Tageblatts. „Hier sind doch schon alle Messen gesungen", meinte der Mitarbeiter der Dürener Zeitung, der lässig einen Fotoapparat in der Hand hielt. „Hier tut sich nichts mehr."

15

„Auch noch da?", entgegnete Bahn zornig. „Wenn hier nichts mehr läuft, kannst du ja verschwinden. Dann störst du uns wenigstens nicht bei unserer Arbeit." Bahn konnte es nicht leiden, wenn ihn jemand aufziehen wollte. Und wenn es sich dann auch noch um einen Kollegen der großen Konkurrenzzeitung in Düren handelte, war bei Bahn der Geduldsfaden schnell gerissen. „Lass mich in Ruhe, du Penner!" Er ließ Krupp stehen und stiefelte auf dem schmalen, asphaltierten Feldweg hinter der Böschung zum Zug.

Es gab tatsächlich nichts mehr zu sehen. Nur der triste Zinksarg neben dem Gleis wies darauf hin, dass hier vor kurzem ein Mensch gestorben war. Ein Zugführer kletterte gerade in die Fahrerkanzel, als Bahn ankam. Mit Zustimmung der Polizei würde er den Zug nach Jülich fahren.
„Die Nervenstärke möchte ich haben", meinte Bahn zu Kriminalhauptkommissar Küpper, den er am Unfallort traf. Der Bernhardiner, wie der fast fünfzig-jährige Küpper wegen seines immer betrübten Blicks in Kollegenkreisen genannt wurde, und Bahn hatten ein gutes Verhältnis zueinander, nicht zuletzt wegen der gemeinsamen Erlebnisse bei Schramms Ableben und bei der Annakirmes.

„Das ist nicht der Unglücksfahrer, der sitzt mit einem Schock im Rettungswagen", klärte der Kommissar freimütig Bahn auf, während er ihm die Hand zum Gruß reichte. „Das ist selbstverständlich ein Ersatzfahrer." Höflich grüßte er auch Waldhausen, der Bahn langsam gefolgt war.

„Was ist denn eigentlich passiert?" Bahn konnte aus der Situation keine Schlüsse ziehen. „Ich habe nur gehört, hier soll jemand überfahren worden sein."

Küpper bestätigte. „Es handelt sich allem Anschein nach um einen Selbstmord."

Wie ihm der Zugführer und auch einige Fahrgäste erklärt hatten, muss ein Mann urplötzlich aus Sicht des Zugführers von links aus dem Gebüsch gestolpert und auf dem Gleis dem Schienenbus mit ausgestreckten Armen entgegengelaufen sein. „Der Fahrer hat zwar noch die Notbremse gezogen, aber die Bremsstrecke von nicht einmal 20 Metern war natürlich viel zu kurz. Da ist nicht mehr viel Mensch übriggeblieben." Küpper zeigte auf den Zinksarg, der gerade zum Leichenwagen getragen wurde. „Wenn Sie wollen, können Sie sich ja einmal die Überbleibsel ansehen", bot er Bahn und Waldhausen an, die aber dankend ablehnten.

17

„Kennen Sie schon den Namen?", wollte Waldhausen vielmehr wissen.

Wieder bestätigte der Bernhardiner. „Es handelt sich um einen Werner Müller, der nicht weit von hier entfernt in Arnoldsweiler an der Bürgewaldstraße gewohnt hat. Er ist wohl nicht einmal 50 Jahre alt."

Küpper gab sich redselig, weil er aus Erfahrung wusste, dass Bahn und Waldhausen ihr Wissen für sich behalten würden. „Er hatte in seiner Gesäßtasche neben dem Personalausweis einen Abschiedsbrief dabei. Er wollte nicht mehr leben, nachdem seine Frau vor wenigen Wochen gestorben ist."

„Der Abschiedsbrief, handgeschrieben oder mit der Maschine?"

Küpper musste unwillkürlich lächeln. Diese Frage war typisch für Waldhausen, der oft nur das glauben wollte, was handfest war. „Handgeschrieben, Herr Waldhausen, keinerlei Hinweise auf eine Fremdeinwirkung. Handgeschrieben und unterzeichnet."

„Wobei Sie davon ausgehen, dass die Unterschrift von Müller freiwillig geleistet wurde, nicht wahr?"

„Davon werden wir wohl ausgehen können. Genaueres kann ich Ihnen aber morgen sagen, wenn ich die Wohnung des Toten untersucht habe." Küpper sah sich um und dem abfahrenden Zug nach. „Es gibt keine Anhaltspunkte dafür, dass es sich nicht um einen Selbstmord handelt, meine Herren."

Schnaufend näherte sich Kommissar Wenzel, der Assistent von Küpper. Als er die beiden Tageblatt-Redakteure erblickte, schoss ihm die Zornesröte ins Gesicht. Der dickliche Mann konnte nicht anders, es war halt sein Naturell, mit dem der Endzwanziger überall und vornehmlich bei Journalisten im generellen und bei Bahn und Waldhausen im speziellen aneckte.

„Machen Sie, dass Sie wegkommen. Hier gibt es nichts für Sie zu tun, Sie stehen nur bei unseren Ermittlungen unnütz im Weg", fauchte er anstelle einer Begrüßung. „Das ist hier nichts für die Presse."

Bahn achtete gar nicht auf den jungen Kommissar. Er hätte sich vielmehr erschrocken, wenn der Dauernörgler Wenzel jetzt ausnahmsweise einmal die Klappe gehalten hätte.

Waldhausen griff hingegen den Faden auf. „Ob das was für die Presse ist oder nicht, haben nicht Sie zu entscheiden, sondern wir, Herr Wenzel. Schließlich ist es ja auch unsere Aufgabe, zu kontrollieren, ob die vom Steuerzahler finanzierten Kriminalbeamten ihre Aufgaben gewissenhaft und nach Recht und Ordnung durchführen. Sie werden fürs Ermitteln bezahlt und nicht für Journalistenschelte!"

Wütend wollte Wenzel kontern, doch zog ihn Küpper zurück. „Sag' den Kollegen von der Streife, sie können die Kreuzung wieder freigeben." Damit hatte er seinen Assistenten beschäftigt, der wieder davonging.

„Der stört uns nicht mehr", schmunzelte Küpper. „Seit wann ist denn ein Selbstmord ein Fall für die Presse?", wandte er sich interessiert Waldhausen zu.

Es gab einige ungeschriebene Regeln im Journalismus und zu denen gehörte auch, dass über Selbstmorde grundsätzlich nicht berichtet wird. „Keine Regel ohne Ausnahme", erklärte Waldhausen. „Immerhin habt ihr ja für größere Verkehrsstaus und Umleitungen gesorgt." Er deutete auf den Autobahnzubringer, der einige hundert Meter entfernt zu sehen war. „Das wird noch einige Zeit dauern, bis sich der Verkehr wieder geregelt hat." Nicht zuletzt die zurückkehrenden Ausflügler aus der Eifel hatten vor der Ampel zu einem längeren Stau in Richtung Düren beigetragen. „Die Autofahrer wollen natürlich wissen, warum sie nicht nach Arnoldsweiler durften. Da gibt es schon ein Informationsbedürfnis."

„Außerdem", mischte sich Bahn ein, „handelt es sich hier wohl um den ersten Selbstmörder, der auf den Gleisen der Rurtalbahn sein Leben beendet hat. Da könnte die Frage interessant werden, wie man Nachahmungstaten verhindern kann."

Küpper nickte nachdenklich. Er wusste, dass er den beiden Journalisten keine Vorschriften machen konnte. Sie würden schon das aus ihrer Sicht Richtige machen.

„Und schließlich", jetzt übernahm Waldhausen wieder das Gespräch, „wer sagt uns denn, dass die Dürener Zeitung nichts schreibt. Der Krupp hat ja sogar noch Fotos gemacht."

Er glaubte zwar nicht daran, dass die Konkurrenz den Selbstmord groß aufbauschen würde, und sicherlich würde sie auf ein Bild verzichten. Aber eine Meldung gab es in der DZ bestimmt. Da hatte Waldhausen zwangsläufig keine andere Wahl, das Tageblatt musste auch berichten.

„Haben Sie eigentlich einen Kollegen der Dürener Nachrichten gesehen?" Interessiert blickte sich Bahn um. Das andere Konkurrenzblatt am Ort hatte offensichtlich nichts von dem Zwischenfall auf der Rurtalbahn mitbekommen. Und dies war ein weiterer Grund, für die Montagsausgabe eine Meldung abzusetzen.

„Bis morgen", verabschiedete er sich von Küpper. „Ich rufe Sie an wegen Müller."

Gemeinsam gingen Bahn und Waldhausen zurück zur Landstraße. „Vom wem weißt du eigentlich von dem Selbstmord?", fragte Waldhausen, obwohl er seine Frage selbst hätte beantworten können.
„Von Jansen natürlich", antwortete ihm Bahn erwartungsgemäß.
Auf den guten Informanten war halt immer Verlass. Gottfried Jansen hörte wohl von morgens bis abends sämtlichen Funkverkehr von Polizei, Feuerwehr und Rettungsdienst ab und steckte Bahn sein Wissen gegen ein nicht unbescheidenes Honorar.
Ohne Jansen wäre gewiss so manche Geschichte in Düren am Tageblatt vorbeigelaufen. So aber hatte das DTB bisweilen die Nase vorn beim Wettkampf mit den beiden größeren Konkurrenzblättern.
Diesmal hatte es aber nichts genutzt. Die DZ war vor ihnen am Unfallgeschehen gewesen.
„Sei's drum", tröstete sich Bahn. „Ohne Jansen hätten wir überhaupt nichts."
Er fuhr in die Redaktion. Waldhausen kletterte auf sein Rennrad und machte sich auf den Weg

zu seiner kleinen Wohnung. Zu spät, mitten in Düren, erinnerte er sich an Theas letzte Worte. Ihm war jedoch nicht danach, noch einmal nach Birkesdorf umzukehren. Aber er nahm sich vor, Thea auf jeden Fall anzurufen und zu informieren. Sie würde für ihn Verständnis haben.

Bloß kein Stress

In der Plauderstunde mit Fritz, wie die erfahrene, aber auch vorwitzige Redaktionssekretärin Fräulein Dagmar die freundschaftlichen Gespräche zwischen Waldhausen und Bahn unter vier Augen nach der üblicherweise kleinen Redaktionskonferenz am frühen Nachmittag nannte, kamen die beiden am nächsten Tag zwangsläufig auf den Zwischenfall an der Rurtalbahn zu sprechen. Bahn hatte sich schon vor der Mittagspause bei Kommissar Küpper informiert und lieferte seinem Chef die brandaktuellen Neuigkeiten.

„Das war eindeutig ein Selbstmord", sagte Bahn. Er lungerte im Besuchersessel vor dem Schreibtisch in Waldhausens Zimmer, hatte die Hände im Nacken verschränkt und die Beine auf die Platte gelegt. Ihm gegenüber hing Waldhausen ebenfalls bequem in seinem Sessel.

„Wie kommt Küpper darauf?", fragte der Lokalchef beiläufig und schaute dabei aus dem Fenster hinaus auf die gegenüberliegende Seite der Pletzergasse, wo die Dürener Zeitung wie das Tageblatt ebenfalls in der ersten Etage ihre Büroräume hat.

„Da ist zunächst einmal der Abschiedsbrief, der eindeutig von Müller stammt", antwortete Bahn. „Die Kripo hat die Wohnung in Arnoldsweiler untersucht und auch andere Schreiben von Müller gefunden. Nach den Vergleichen gibt es absolut keine Zweifel. Der Abschiedsbrief stammt von ihm."

Waldhausen blickte Bahn interessiert und mit einem Mal voll konzentriert an. „Und warum sonst noch?"

Bahn schluckte, das „zunächst einmal" war ihm herausgerutscht, und sein Chef hatte es sofort bemerkt. „Na ja, da ist noch etwas." Er suchte nach einer angemessenen Wortwahl. „Der Mann war nicht ganz gesund."

„Also krank?"

Waldhausen hatte heute wohl immer noch seine besonders kritischen Tage, dachte sich Bahn. „So kannst du es auch nicht sagen", antwortete er bedächtig. „Der Mann hat einfach zu viel mitgemacht in den letzten Monaten und war mit den Nerven fertig."

„Und deswegen wollte er tollkühn per Hand einen Zug stoppen?"

Bahn seufzte. „Der Mann war depressiv veranlagt. Sein Job als Krankenpfleger im LKH auf dem Jeckeberg hat ihn mürbe gemacht. Und dann kam die Krankheit und der Tod seiner Frau hinzu." Er stand auf und ging im Zimmer auf und ab. „Müller war seit ihrem Tod krankgeschrieben und befand sich zum wiederholten Mal in therapeutischer Behandlung. Der depressive Schub war jetzt wohl zu groß." Er atmete durch. „Da hat er wohl einen Schlussstrich gezogen."

Dies seien die Erkenntnisse der Kripo, die keinen Zweifel aufkommen lassen. Küpper habe es ihm so gesagt, und damit sei ja wohl alles klar.

Bahn vertraute Küpper vorbehaltlos. Waldhausen nickte verständnisvoll. Auch er hatte den Bernhardiner als korrekt und vertrauenswürdig kennengelernt.

„Dann wird es wohl so gewesen sein", sagte der Lokalchef und beendete damit die Plauderstunde.

Bahn wollte gehen, als Waldhausen noch etwas hinter ihm herrief. „Frag' doch mal deinen Kommissar, ob die Leichen der Eheleute Müller obduziert wurden und wie der Hausarzt von Müller heißt."

Verwundert drehte sich Bahn wieder um. „Wozu das denn? Ich kann ihn höchstens fragen, woran die Frau gestorben ist. Aber tut das was zur Sache?"

„Natürlich nicht", antwortete sein Chef kurz angebunden. Waldhausen drehte sich seinem Computerbildschirm zu und begann zu schreiben. Er nahm seinen Freund von einem Moment zum anderen nicht mehr zur Kenntnis und war völlig in der Arbeit versunken. So ging es immer, Bahn nahm Waldhausen diese Marotte aber nicht übel. Der Lokalchef war halt so.

Bahn war verunsichert. „Warum bloß machte Waldhausen aus dem eindeutigen Selbstmord so ein Theater?", dachte er sich, als er sich an seinen Schreibtisch setzte. ‚Als hätten wir nichts Besseres zu tun.'

Auch er widmete sich seinem Computer und sortierte die Texte und Bilder, mit denen die Ausgabe am nächsten Tag gestaltet werden sollte. Am Montag füllte sich die Zeitung für Dienstag quasi von allein. Alle Berichte über die vielen Veranstaltungen vom Wochenende konnten gar nicht in der Montagsausgabe untergebracht werden. Sie mussten am Dienstag abschwimmen.

Außerdem gab es keinen vernünftigen Aufmacher. Selbst die letzten Amtshandlungen von Bürgermeister Walter Walter waren keine Zeilen für die vorderen Lokalseiten wert. Immer nur Spatenstiche langweilten auf Dauer auch die treuesten Zeitungsleser und überzeugten Walter-Fans. ‚Dann nehme ich doch lieber die Jahreshauptversammlung der Kanarienzüchter von Girbelsrath‘, seufzte Bahn.

Thea, die am späten Nachmittag Fräulein Dagmar als Redaktionssekretärin abgelöst hatte, störte ihn in seinen Gedanken. „Da muss etwas vor der Stadtbücherei passiert sein“, sagte sie ihm, „ein Leser hat mich gerade angerufen. Wir sollen uns das einmal anschauen, hat mir Fritz gesagt.“

Das waren die Angaben, die Bahn überhaupt nicht mochte. „Da muss etwas passiert sein. Wir sollen uns das einmal anschauen“, knurrte er ungehalten. „Was soll das? Das ist doch alles für’n Arsch.“

Unwillig schnappte er sich Lederjacke und Kamera und machte sich auf den Weg. Die Strecke von der Pletzergasse quer durch die Innenstadt zur modernen Stadtbücherei am Rudolf-Schock-Platz legte er zu Fuß zurück.

Das war wahrscheinlich immer noch schneller, als den Porsche zu starten, der mal wieder im eingeschränkten Halteverbot am Pletzerturm stand. Dort stand er gut, befand Bahn, gut und sicher. Dank seiner ungetrübten Beziehungen zu den Knöllchenjägern der Stadtverwaltung konnte er davon ausgehen, dass seine Ordnungswidrigkeit ungeahndet blieb.

„Auch schon da?" Grinsend begrüßte Krupp den Kollegen vom Tageblatt an der Josef-Schregel-Straße am Fußweg zur Bücherei, wo sich eine größere Menschenmenge versammelt hatte. „Hier ist doch alles vorbei, Helmut."

Bahn schluckte die spöttische Bemerkung kommentarlos, indem er den jungen DZ-Mitarbeiter einfach ignorierte. Er sah sich nach einem bekannten Gesicht um und entdeckte den Pressesprecher der Stadtverwaltung.

„Was ist denn hier los?", fragte er Wolfgang Kühn, mit dem er vor knapp 30 Jahren schon gemeinsam in Rölsdorf die Schulbank gedrückt hatte.

„Da hat wieder einmal jemand kein Verständnis für Kultur gehabt", antwortete Kühn und deutete auf das kleine Kunstwerk aus Beton, eine liegende, vielfarbige Katze, die interessiert zur Straße blickte. „Da hat jemand versucht, Katzen zu verscheuchen", kommentierte er ironisch.

Offensichtlich mit einem Vorschlaghammer hatte jemand das Kunstobjekt malträtiert. Am Kopf war an mehreren Stellen etwas Beton abgesplittert.

Die Entrüstung bei den kunstbeflissenen Mitarbeitern der Stadtbücherei war groß.

Bahn hingegen war es insgeheim egal, ob der farbige Klotz auf dem Rasen stand oder nicht. Ihn hätte es nicht gestört, wenn das vermeintliche Kunstwerk restlos zertrümmert worden wäre. Aber er hütete sich davor, seine Meinung laut zu äußern. Das hätte seinen Ruf als Kunstbanausen nur noch verstärkt.

Bahn interessierte sich für die Dürener Annakirmes, Karneval und Klüngel, aber nicht für die vermeintliche Kultur und schon gar nicht für die Vergangenheit. Düren, vor dem Weltkrieg eine der schönsten Städte im Rheinland, hatte nach der völligen Zerstörung nur wenig vom ursprünglichen Charakter retten können, was Bahn allerdings nicht kümmerte.

„Der Vorschlaghammer hat dem Objekt aber nicht sonderlich geschadet", meinte Bahn vielsagend zu Kühn. „Und was macht ihr jetzt?" Er lichtete das attackierte Kunstwerk ab, während er auf Kühns Antwort wartete.

„Wir stellen Strafanzeige gegen Unbekannt wegen Sachbeschädigung und legen eine Aktennotiz an", antwortete der Pressesprecher lakonisch. „Mehr können wir im Moment gar nicht tun. Bloß keinen Stress aufkommen lassen."

„Und dann gibt es doch garantiert wieder den Appell unseres über alles geliebten Bürgermeisters, die Bürger sollen aufmerksam sein und darauf achten, dass sich niemand an den öffentlichen Kunstwerken vergreift. Die Bürger können stolz sein auf die Kunst und sollen dazu beitragen, sie zu bewahren. Stimmt's oder habe ich recht?"

„So wird es wohl kommen", antwortete Kühn nüchtern. Er hatte den entsprechenden Text wohlweislich im Computer gespeichert. Er schickte ihn in immer neuen Variationen an die Medien los, wenn irgendwo in Düren irgendein Kunstwerk angegrapscht worden war und öffentlich Empörung geäußert werden musste.

„Ansonsten privat alles in Ordnung?" Kühn sah den Journalisten prüfend an.

„Natürlich." Bahn sah keine Probleme, mit Gisela lief es bestens. Nach seiner Vorstellung gab es Harmonie pur bei ihm daheim. „Warum fragst du?"

„Ach, nur so", antwortete Kühn. Er verabschiedete sich kurz und machte sich auf den Weg zurück ins Rathaus.

„Und?", fragte Thea neugierig nach Bahns Rückkehr in die Redaktion.
„Eine Katze wurde gequält", antwortete Bahn abwertend, „aber nichts für die Eins." Er steuerte gleich Waldhausens Zimmer an, um den Lokalchef zu informieren und dabei das Thema beschwichtigend als belanglos klein zu halten. Doch Bahn hatte schlechte Karten. Wie er insgeheim befürchtet hatte, wollte Waldhausen aus dieser Lappalie tatsächlich eine größere Geschichte machen.
„Ich bin aber nicht für die Kultur zuständig", moserte Bahn und wollte sich auf den Weg ins Kellerlabor machen, um den Film zu entwickeln.
„Und ich bin nicht für deine Freunde zuständig", rief ihm Waldhausen nach. „Du sollst übrigens Küpper anrufen. Was habt ihr eigentlich heute Morgen beredet, dass der schon wieder Sehnsucht nach dir hat?", lästerte er.
Bahn stellte die Laborarbeit zurück und griff neugierig auf seinem Schreibtisch zum Telefon. Für einen Freund musste immer Zeit sein, selbst wenn man Stress haben sollte.

Der Bernhardiner hatte ein rein persönliches Anliegen, das er beim ersten Telefonat vergessen hatte. Er wollte sich einen neuen Fotoapparat kaufen und bat Bahn, ihn beim Kauf zu beraten.

„Ohne Frauen und in Köln und du bezahlst beim Früh", machte Bahn zur Bedingung. Küpper stimmte lachend zu. Unter vier Augen duzten die beiden sich schon seit geraumer Zeit, nachdem Bahn den Kommissar erheblich bei der Aufklärung des Todes seines Freundes und Kollegen Konrad Schramm unterstützt hatte. In Gegenwart anderer hingegen gaben sie sich formell höflich. Das erleichterte ihre Zusammenarbeit und verhinderte zugleich, dass bei den Kollegen der anderen Medien und der Kriminalpolizei Misstrauen erweckt wurde.

Selbst Waldhausen wusste von der Duz-Freundschaft der beiden nichts, er vermutete sie allenfalls.

Bahn erinnerte sich an die Anregungen von Waldhausen. „Was macht unser Selbstmörder?", fragte er Küpper.

„Was soll der denn machen? Natürlich nichts, der ruht."

„Habt ihr den obduzieren lassen?"

Der Kommissar verneinte. „Dazu bestand doch überhaupt keine Veranlassung." Er wollte wissen, wie Bahn ausgerechnet auf diese Frage kommt, und wunderte sich nicht, als er erfuhr, dass Waldhausen dahintersteckte.

„Dein Chef will dann garantiert auch noch wissen, woran die Frau von Müller gestorben ist, oder etwa nicht?"

Die Frage verblüffte Bahn. „Du hast recht."

„Dann richte ihm doch bitte aus, dass ich es nicht weiß. Ich werde aber nachhaken."

„Dann schaue doch auch noch nach, wie der Hausarzt von Müller heißt", bat Bahn.

„Habe ich schon längst gemacht", sagte Küpper. „Dr. Matz beruft sich aber auf seine ärztliche Schweigepflicht. Da kommt nichts für euch. Da braucht aber auch nichts zu kommen. Der Fall ist doch eindeutig."

Waldhausen musste schmunzeln, als ihm Bahn wenig später von dem Telefonat mit Küpper berichtete. „Ich wusste gar nicht, dass ich so großen Einfluss habe." Aber das Thema sei eigentlich gar kein Thema für die Zeitung und damit abgehakt, sagte er zu Bahn. Es sei eine Familientragödie, nicht mehr und nicht weniger. Waldhausen sah es pragmatisch: „Widmen wir uns lieber den Lebendigen."

„Vor allem den Kunstbanausen", ergänzte Bahn spitz. Es schmeckte ihm überhaupt nicht, jetzt noch die Hammerschläge vor der Stadtbücherei aufzukochen. Sein einziger Trost war es, dass auch Waldhausen blieb und nicht nach Hause kam.

Der Lokalchef war fast immer der letzte, der die Redaktion verließ.

Bahns Laune besserte sich unverzüglich, als er mit den Papierabzügen aus dem Keller in die erste Etage zurückgekehrt war.

Waldhausen war in der Zwischenzeit nicht untätig geblieben. „Ich habe schon das Fax von der Stadt bearbeitet und mit Kühn geredet. Du kannst dir ja den Text durchlesen und ergänzen, wenn du noch weitere Informationen hast."

Waldhausen hatte ganze Arbeit geleistet, wie Bahn beim Lesen bewundernd feststellte. Es fehlte nichts in dem Artikel, er war geschrieben, als wäre Waldhausen bei dem Hammerattentat dabei gewesen.

„Der hat schon fast Kisch-Methoden", sagte Bahn zu Thea, die an ihrem Schreibtisch für ihn das Bild einscannte und per Computer und Standleitung zur Tageblatt-Zentrale jagte.

Sie verstand ihn nicht.

„Der rasende Reporter Egon Erwin Kisch war auch nicht immer dabei, wenn etwas in Prag geschehen war", erklärte ihr Bahn. „Kisch hat gesagt, man muss nicht unbedingt schreiben, wie es war, man muss schreiben, wie es sich der unbeteiligte Leser vorstellt, ohne dass man die Tatsachen verfälscht. Und das kann unser Chef verdammt gut."

Es war doch später am Nachmittag geworden, als Bahn erwartet hatte. Da hat es wohl keinen Zweck, noch einen Stadtbummel zu machen, bedauerte er mit einem Blick auf seine Uhr, und er entschloss sich, nach Hause zu fahren.
Gisela würde sicherlich auf ihn warten.
Gemeinsam mit Thea und Waldhausen verließ er die Redaktion. Der Lokalchef wollte die Sekretärin noch nach Birkesdorf bringen. Wenn er dort bei ihren Eltern ein Abendessen spendiert bekäme, würde er garantiert nicht ablehnen.
Bahn freute sich auf Gisela, während er in den Porsche kletterte und dann über die Aachener Straße in Richtung Rölsdorf fuhr.
Die Freude war einseitig, als Bahn die Wohnung betrat und er seine Dauerfreundin in den Arm nehmen wollte.

Gisela empfing ihn ausgesprochen schroff und wandte sich von ihm ab. „Na, was macht denn Ingrid?", fragte sie eisig.

„Wer?", fragte Bahn erschrocken zurück, obwohl er genau wusste, wen Gisela meinte.

„Deine neue Liebe, mein Lieber."

„Quatsch!" Bahn reagierte verärgert. Er hatte sich zweimal mit Ingrid getroffen, einer jungen, attraktiven und sehr charmanten Frau, und mit ihr im Piano, seinem Stamm-Café´ an der Ecke zur Pletzergasse, einen Kaffee getrunken. Dort hatte er sie vor einigen Tagen auch kennengelernt. Sie hatten nett und lange miteinander geplaudert.

Nach dem zweiten anregenden Treffen an einem verregneten Nachmittag hatte er Ingrid aus Gefälligkeit mit dem Wagen zu ihrer Wohnung nach Hoven gefahren.

„Mehr ist da nicht", beteuerte er, wobei er Gisela verschwieg, dass er sich sicherlich heute wieder mit Ingrid im Piano getroffen hätte, wenn es in der Redaktion nicht so spät geworden wäre.

Ingrid arbeitete auf dem Amtsgericht und trank immer nach Dienstschluss und vor dem Einkaufsbummel in der City im Piano einen Kaffee.

„Es ist doch wohl nicht verboten, mit einer Frau ganz in Ruhe in einem Café zu sitzen, oder?" Bahn sah seiner Freundin ins Gesicht.

Gisela schwieg. Sie konnte sich mit dieser Erklärung nicht anfreunden. Ihr durchaus ansprechender Freund hatte schon zu oft anderen Schönheiten hinterhergeblickt und es nicht nur bei Blicken belassen. In dieser Hinsicht war sie, wie Bahn sich insgeheim eingestehen musste, durchaus ein gebranntes Kind. Allerdings, und das musste sich Gisela wiederholt sagen, war ihr Freund in den letzten beiden Jahren sehr heimisch geworden. Sie musterte Bahn schweigend. Das kurzgeschnittene blonde Haar, der schlanke Körper, die lässig-elegante Kleidung waren typisch für ihn. So kannte sie ihn schon seit Jahren, und er gefiel ihr von Jahr zu Jahr mehr. Sie wäre gerne mit ihm alt geworden. Aber das würde sie ihm in der derzeitigen Situation garantiert nicht sagen.

Andererseits wurde sie auch den Verdacht nicht los, dass sie nicht alles wusste, was Bahn alleine und in ihrer Abwesenheit trieb.

„Mein Freund, ich will für dich hoffen, dass das alles so harmlos ist. Sonst mache ich 'ne Fliege." Sie drehte sich energisch um und ließ Bahn stehen.

Er eilte ihr nach. „Woher weißt du denn von meinem Treffen mit Ingrid?"

„Das soll dir doch egal sein", gab Gisela schnippisch zur Antwort, „Hauptsache ist doch wohl, dass ich es weiß." Sie öffnete die Tür zum Keller. „Und jetzt lass' mich in Ruhe. Ich muss noch deine Unterwäsche aus meiner Waschmaschine holen."

Bahn pustete durch. Das hatte ihm gerade noch gefehlt, dass Gisela Zicken machte. Aber er tröstete sich damit, dass es nicht ihre erste Szene gewesen war und sie sich, wie zuvor auch immer, bald wieder beruhigen würde. Allenfalls würde sie, wenn es wirklich schlimm würde, mit Sack und Pack einmal mehr wieder zu ihren Eltern nach Schneidhausen ziehen, um wenig später zurückzukommen.

Also, so fragte er sich zu seiner eigenen Beruhigung, was soll der Stress?

Schlechte Zeiten

Heute ist nicht mein Tag, meinte Bahn schlechtgelaunt, als er am Morgen in die Tageblatt-Redaktion kam. Dafür war schon zu viel schiefgelaufen an diesem frühen Tag.

Auf dem Parkplatz am Pletzerturm hatte ihm ausgerechnet der Lokalchef der DZ den letzten freien Parkplatz vor der Nase weggeschnappt und ihm dann auch noch wenig später, als sie sich auf der Pletzergasse über den Weg liefen, übertrieben höflich einen arbeitsreichen Tag gewünscht.

Gisela hatte seit dem gestrigen Abend kein einziges Wort mehr mit ihm gewechselt und sich am Morgen grußlos auf die Seite gedreht, als er aufgestanden war.

Bahn war sich nicht bewusst, was er gemacht haben sollte, aber es war wohl das Beste, zu schweigen und abzuwarten, bis sich der Zustand seiner Herzdame wieder normalisiert hatte.

Beim Frühstück war ihm beinahe das Brötchen im Hals stecken geblieben, als er die Zeitung aufschlug. Die Metteure in Köln, die abends die

Seiten nach den Vorgaben der einzelnen Lokal-
redaktionen zusammensetzten, hatten es tatsächlich verstanden, das Foto der angeschlage-
nen Betonkatze auf den Kopf zu stellen.

Schließlich musste ihm Fräulein Dagmar auch
noch mitteilen, dass er die Kaffeekasse zu füllen
hatte. Notgedrungen rückte Bahn seinen letzten Geldschein heraus. Sonst hätte er den
Dienst ohne Kaffee überstehen müssen.

Da war Fräulein Dagmar konsequent; wer nicht
bezahlte, bekam keinen einzigen Schluck ab.

„Na, du Künstler", begrüßte Waldhausen ihn
grinsend. Er konnte sich über das Missgeschick
im Blatt überhaupt nicht aufregen. „Das kapiert
sowieso kein Leser, wenn wir uns entschuldigen
und den Grund für die Pleite erklären wollen.
Also lassen wir es lieber sein", meinte er mit einem Blick auf die verunstaltete Lokalseite.
„Ach", spöttelte er sogar, „gar nicht so schlecht,
vielleicht sollten wir häufiger solche Kunstfotos
veröffentlichen."

Bahn verkniff sich einen Kommentar. Waldhausen würde ihn nur noch weiter aufziehen. Er
hockte sich auf seinen Bürostuhl und schaltete
den Computer an.

„Kannste vergessen", meldete sich sein Chef erneut. Er hatte sich lässig in den Türrahmen ge-
lehnt. „Die Anlage ist abgeschaltet, die putzen

in Köln die Festplatten. Vor Mittag tut sich nichts."

„Ich wollte heute Nachmittag freimachen", bemerkte Bahn enttäuscht. Er wusste, dass er sich dieses Vorhaben abschminken konnte. Die Stunden, die am Morgen verlorengingen, mussten am Nachmittag nachgeholt werden. Da wurde es wahrscheinlich wieder nichts mit einem gemeinsamen Kaffee mit Ingrid.

Missmutig lungerte Bahn an seinem Schreibtisch herum, wenig begeistert, die Manuskripte der freien Mitarbeiter zu redigieren, die am Vorabend Termine für das Tageblatt wahrgenommen hatten.

Er war froh, als Fräulein Dagmar auf ihn zutrat. „Arbeit für dich, Helmut. Am Brunnen neben dem Kaufhof an der Wirtelstraße soll etwas sein. Waldhausen meint, du sollst mal hin."

Bloß raus, sagte sich Bahn. Nicht lange fragen, schnell raus aus der Bude. Er langte nach seiner Lederjacke, schnappte sich seine Nikon und machte sich auf den Weg über den Markt und durch die Fußgängerzone.

Vor dem Stirnberg-Brunnen diskutierten die Menschen miteinander, als Bahn sich näherte.

„Lässt sich das Tageblatt auch noch sehen." Krupp grinste. „Du bist mal wieder reichlich spät, werter Kollege."

41

„Was ist denn überhaupt hier los?" Bahn versuchte es auf die kameradschaftliche Methode. Er hatte schon genug Ärger verdauen müssen, als dass er sich jetzt noch neuen aufladen wollte.

„Da hat einer den Dürener Stadtmusikanten geköpft, vermutlich mit einer Schleifhexe", erklärte ihm der DZ-Kollege und zeigte auf den Brunnen, der mit beweglichen Figuren aus Messing gestaltet war. Dürener Originale hatte der Künstler dargestellt, unter anderem den Stadtmusikanten. Doch dem fehlten jetzt der Kopf und der rechte Arm.

„Mit Brachialgewalt ist hier jemand vorgegangen", meinte Krupp, während Bahn zur Kamera griff.

„Pass bloß auf, dass du die Kamera richtig herum hältst, sonst steht der kopflose Musikus morgen bei euch im Blättchen auf dem Kopf", lästerte er ungeniert. „Das ist dann gleich ein doppelter Kunstfrevel."

Kühn hatte sich unbemerkt genährt. „Na, du Kunstfotograf", begrüßte er Bahn. „Kleiner Tipp am Rande, Helmut: Oben ist da, wo der Kopf fehlt."

„Jetzt fang' du auch noch an", knurrte der Journalist. „Sag' mir lieber, was hier los ist und was die Stadt als Eigentümerin dieses Kunstwerkes zu tun gedenkt. Und dann will ich noch eine Stellungnahme unserer Bürgermeisters, der gibt doch ohnehin zu allem seinen Senf hinzu." Kühn nahm die Bemerkung von Bahn gelassen hin. Dass Bahn und Walter Walter nicht unbedingt ein Herz und eine Seele waren, wusste wohl jeder in Düren. Aber das soll wahrlich nicht mein Problem sein, dachte sich der Pressesprecher der Stadt.

„Was hier los ist, siehst du ja selber." Kühn gab sich förmlich. „Juristisch gesehen, hat es die Sachbeschädigung von städtischem Eigentum gegeben. Demzufolge wird die Stadt Düren Strafanzeige gegen Unbekannt eben wegen dieses Straftatbestandes erstatten."

„Wird denn eine Belohnung ausgesetzt", fragte Krupp.

Kühn schaute ihn nachdenklich an. „Das kann ich mir nicht vorstellen. Dazu ist der Schaden wohl zu gering." Er lächelte: „Nicht zum Schreiben, meine Kollegen, aber die Stadt hat dafür kein Geld."

„Bürgermeister Walter wird wahrscheinlich das wiederholen, was er bereits nach dem gestrigen Anschlag auf ein Kunstwerk geäußert hatte?" Ein Kollege der Nachrichten hatte diese Frage gestellt, auf die Kühn zustimmend mit dem Kopf nickte. „So ist es wohl."

Gemeinsam mit Bahn ging er über die Wirtelstraße zurück zum Markt. „Privat alles in Ordnung?", fragte Kühn seinen ehemaligen Klassenkameraden erneut.

„Alles paletti", antwortete Bahn. Er wunderte sich zwar, dass Kühn schon wieder nach seinem Privatleben fragte, aber er ließ es bei dieser Bemerkung bewenden.

In der Redaktion erwartete Fräulein Dagmar Bahn mit einem süffisanten Lächeln. „Eine Ingrid Fossen hat schon zweimal angerufen und wollte von dir wissen, ob es wenigstens heute klappt. Sie will sich noch einmal melden."

„Die soll bleiben, wo der Pfeffer wächst", blaffte Bahn verärgert zurück. Das hatte ihm gerade noch gefehlt, dass ihm die Frau hinterherlief. „Ich bin im Labor", sagte er und verzog sich schleunigst in den Keller. Da brauchte er sich wenigstens keine blöden Kommentare anhören.

Aber es war Bahn nur eine kurze Ruhezeit vergönnt. Als er die Bilder von den Negativen abzog, wusste er schon, dass er damit bei Waldhausen kein Lob ernten konnte.

„Was soll das denn, Helmut?", fragte sein Chef auch prompt, nachdem er die Fotos betrachtet

44

hatte. „Du solltest für uns das Tatobjekt fotografieren und nicht die Leuchtreklame des Kaufhofs." Kopfschüttelnd griff Waldhausen zum Schneidegerät und stutze das Bild zusammen, bis nur noch ein kleiner Teil des Brunnens übrigblieb.

„Mach' ein einspaltiges Solo daraus", empfahl er Bahn trocken. „Das ist überhaupt nichts. Du hast schon viel bessere Arbeit abgeliefert, Herr Kollege."

Bahn trollte sich in sein Zimmer, aus dem störend sein Telefon klang. „Küpper ist dran", sagte ihm Fräulein Dagmar, ehe sie das Gespräch durchstellte.

„Na, du Kunstfotograf", begrüßte ihn der Bernhardiner jovial. „Wie geht's?"

„Mies", antwortete Bahn seufzend. „Es klappt absolut gar nichts." Er schilderte seinem Freund die Kette der Missgeschicke, so dass Küpper schallend lachen musste.

„Mach' dir nichts daraus", empfahl er, „es kann nur besser werden." Er lud Bahn ein, mit ihm ins Birkesdorfer Krankenhaus zu fahren. „Dort ist Frau Müller gestorben", erklärte er ihm, „die Frau unseres Selbstmörders. Wir haben damals auf eine Untersuchung verzichtet. Ich will jetzt aber noch einmal mit dem behandelnden Arzt sprechen."

„Warum denn?"

„Ach, nur so, ich habe momentan nichts Besseres zu tun", meinte Küpper ausweichend. „Ich will mich in die Lage von Müller hineinversetzen." Er verabredete sich mit Bahn am Nachmittag und wollte ihn an der Redaktion abholen, worauf Bahn aber verzichtete.

„Du spielst dann meinen Assistenten", sagte der Kommissar abschließend.

Auf Recherche mit Küpper war immer noch besser als Dienst in der Redaktion, sagte sich Bahn.

Er hatte kaum aufgelegt, als es erneut klingelte.

„Ingrid Fossen", flötete Fräulein Dagmar, „nur für dich."

Verärgert wartete Bahn auf die Übernahme des Gesprächs. Er hatte die Absicht, Ingrid zu sagen, sie solle ihn nicht immer anrufen und auch nicht mehr auf ihn im Piano warten.

Aber alle seine Absichten waren dahin, als Ingrid sich meldete.

„Hallo Helmut", sagte sie mit ihrer sanften, hellen Stimme. „Wie geht es dir? Sehen wir uns heute wieder?"

Bahn konnte nicht anders, er wollte Ingrid nicht versetzen. „Natürlich", antwortete er schnell. „Um halb fünf im Piano, oder?"

„Ich freue mich", fügte Ingrid zärtlich flüsternd hinzu.

„Ich auch", antwortete Bahn und legte auf. Er fühlte sich unsicher und wusste nicht, ob er richtig handelte. „Aber was ist schon dabei, wenn ich mich mit Ingrid treffe?", fragte er sich zur eigenen Beruhigung.

Schon früh machte sich Bahn nach seiner langen, selbstgewährten Mittagspause auf zur Polizeiinspektion an der Aachener Straße. Seinen Porsche stellte er auf dem Besucherparkplatz an der August-Klotz-Straße ab.

Der Abstellplatz weckte in ihm die Erinnerung an den Skandal der letztjährigen Annakirmes. Er erinnerte sich noch daran, wie er mit Waldhausen den Wagen geparkt und fast neben ihnen ein Krankenwagen gestanden hatte. Was damals so rein zufällig aussah, hatte im Nachhinein betrachtet Sinn und Verstand gehabt. Im Büro von Küpper hatte Bahn damals die geheimnisvollen Ereignisse aufgeklärt.

Der Journalist brauchte nicht lange auf den Kommissar warten. „Wir können gleich los", meinte Küpper zur Begrüßung und bot Bahn an, ihn im Dienst-Opel mitzunehmen. Über die Veldener Straße fuhr Küpper nach Birkesdorf. Auf dem kleinen Parkplatz neben dem Marien-Hospital an der Hospitalstraße fanden sie einen der raren, freien Parkplätze. Der Platz war vornehmlich den Ärzten vorbehalten, wie die Namensschilder an den Parktaschen deutlich machten.

Ein neben ihnen abgestellter Porsche fiel Bahn sofort auf. Als Porsche-Fan konnte er gar nicht anders, er musste sich den weißlackierten, funkelnagelneuen Sportwagen einfach anschauen. „Das ist nicht meine Kragenweite", meinte er neidisch zu Küpper und zugleich bewundernd. „Da muss man wohl schon Arzt sein." Zugleich redete er sich ein, dass sein alter Porsche 911 eigentlich das viel schönere und bessere Auto war. Er würde es nicht gegen einen modernen Sportwagen eintauschen.

Aber auf Anhieb störte ihn einfach etwas an diesem traumhaften Wagen. Er konnte nur nicht sagen, was es war.

Dr. Rantel, der Chefarzt der Chirurgie, erwartete sie schon in seinem Zimmer.

Küpper stellte sich als Kommissar und Bahn als seinen Begleiter vor, ohne dessen Namen zu nennen, was der ältere Mediziner so hinnahm, als er ihnen vor seinem Schreibtisch Platz anbot.

Rantel erinnerte Küpper daran, dass das Ableben von Frau Müller noch am Sterbetag, freitags am späten Nachmittag, ordnungsgemäß der Staatsanwaltschaft gemeldet worden sei. Der Staatsanwalt habe aber die Leiche ohne Untersuchung freigegeben. „Da war nichts mehr zu machen, meine Herren", sagte der Mediziner. „Frau Müller steckte voller Metastasen, wir haben die Patientin zwar geöffnet, aber die Operation sofort abgebrochen. Wir konnten der Frau nicht mehr helfen", schilderte der Chirurg sachlich den Sachverhalt. „Sie ist dann auch wenig später, quasi noch im OP verstorben. Sie hat nicht mehr das Bewusstsein erlangt." Er schaute seinen Besucher bedauernd an. „Tragisch zwar, aber nicht zu ändern."

„Frau Müller hätte also auch ohne Operation nicht mehr lange zu leben gehabt?", fragte Bahn interessiert.

Rantel bestätigte.

„War denn ihr kritischer Zustand vor der Operation bekannt?", mischte sich Küpper mit einem strengen Blick zu Bahn ein. Hier stelle ich die Fragen, wollte er damit signalisieren.

Bahn verstand ihn und nickte nur.

„Das nicht gerade", antwortete Rantel ruhig und besonnen. „Die Patientin klagte unter anderem über Magenschmerzen, blutiges Erbrechen, Blut im Urin, Atembeschwerden, Kreislaufstörungen." Der Mediziner bemühte sich zu Küppers Freude um eine laienhafte Ausdrucksweise.

Es war für Bahn immer wieder faszinierend, zu beobachten, wie sehr die Menschen auf Küppers stets betrübten Bernhardinerblick hereinfielen und vertrauensvoll erzählten.

„Bei einer Ultraschalluntersuchung haben wir dann krankhafte Veränderungen innerhalb des Bauchraumes festgestellt", fuhr der Arzt fort. „Es bestand der Verdacht eines Magengeschwürs. Eine Operation schien uns das beste Mittel, um den tatsächlichen Krankheitszustand zu erkennen und eventuell zu beheben." Er hob resignierend die Hände. „Da war beim besten Willen nichts mehr zu machen. Wenn uns der tatsächliche Krankheitszustand von Frau Müller bekannt gewesen wäre, hätten wir erst gar nicht operiert."

Rantel stand auf und ging zu einem Aktenschrank. „Ich bin gerne bereit, Ihnen unseren Operationsbericht zur Verfügung zu stellen. Da steht alles drin."

„Wer hat denn operiert?", fragte Küpper.

„Ich." Rantel sah den Kommissar offen an. „Ich hatte ohnehin Bereitschaftsdienst an jenem

Wochenende. Da hätte ich bei Komplikationen im postoperativen Verlauf schnellstens eingreifen können. Aber Frau Müller hat bedauerlicherweise den Freitag nicht mehr überlebt."

Der Arzt griff zu einem Aktenordner. „Möchten Sie den Bericht oder nicht?"

Küpper lehnte dankend ab. „Ihre Offenheit ehrt uns, Herr Doktor, aber wenn Sie schon die Staatsanwaltschaft unterrichtet haben, habe ich garantiert nichts mehr zu tun."

Bahn wollte dem Polizisten widersprechen. Er hätte sich gerne aus Neugier den Bericht angesehen. Er hatte noch nie einen derartigen Bericht in der Hand gehalten, es wäre eine neue Erfahrung gewesen.

„Das geht dich nun wirklich gar nichts an", erwiderte ihm Küpper, als Bahn ihn auf den Weg zum Auto darauf ansprach. „Das war ohnehin hart an der Grenze der ärztlichen Schweigepflicht."

„Warum hast du denn Rantel überhaupt aufgesucht?" Bahn verstand den Anlass ihrer Fahrt ins Birkesdorfer Krankenhaus immer noch nicht.

„Einfach nur so", entgegnete Küpper. „Erstens hatte ich, wie gesagt, nichts Besseres zu tun, zweitens interessiert mich der Selbstmord von

Müller rein privat. Müller ist irgendwie mit meiner Putzfrau verwandt."

Er grinste Bahn an. „Und außerdem bin ich vorsichtig geworden, wenn ich von Selbstmord oder Unfall spreche. Sonst kommt wieder so ein übereifriger Journalist und legt mir eine Strafanzeige gegen Unbekannt vor."

Bahn wusste genau, wovon Küpper sprach. Er war es damals gewesen, der nach Schramms Tod dem Kommissar mit dieser Anzeige auf die Nerven gegangen war, und nicht zu Unrecht, wie sich später herausstellte.

Sie standen noch an Küppers Dienstwagen, als ein junger, sportlicher Typ auf den Porsche zueilte, ihnen mit einem kurzen Gruß zunickte, in das Gefährt einstieg und flott davon stob. Dr. Rollefsen, las Bahn auf dem Namensschild des Parkplatzes.

„Der kommt nicht aus dem Rheinland", bemerkte er zu Küpper. „Der könnte dem Namen nach aus Norddeutschland stammen."

„Wir fahren jetzt zu Dr. Matz und der stammt garantiert nicht aus Norddeutschland. Der kommt nämlich aus Köln", sagte Küpper und musste lachen, als er Bahns verblüfftes Gesicht sah.

„Matz ist ein alter Kumpel von mir aus Jugendzeiten", klärte er den Journalisten auf, „aber das wollte ich dir am Telefon nicht unter die Nase reiben."

Schnell war Küpper zur Alten Jülicher Straße in Nord-Düren gelangt, wo Matz in der Nähe zur Einfahrt zum Landeskrankenhaus in einem Altbau seine Praxis hatte.

Der Mediziner war nicht nur Hausarzt von Müller gewesen, sondern hatte auch dessen Frau in Behandlung gehabt. „Ich kann nicht sagen, dass ich sie als sterbenskrank angesehen habe", meinte er zu Küpper, den er mit Bahn ins Behandlungszimmer gebeten hatte. „Ich hatte ihre Symptome eher als Auswirkungen einer psychosomatischen Erkrankung angesehen und sie mit Verdacht auf Magengeschwür ins Marien-Hospital eingewiesen." An eine Krebserkrankung habe er nicht gedacht. „Aber ausschließen kann ich eine solche Erkrankung natürlich auch nicht."

„Hast du denn daran gedacht, dass dein Patient Müller sich das Leben nimmt?" Küpper kam auf sein eigentliches Anliegen zu sprechen.

„Wenn du mich so direkt darauf ansprichst, muss ich sagen, nein", antwortete der Hausarzt bedächtig. „Müller neigte zwar zu Depressionen, aber ich hätte nicht für möglich gehalten, dass er derart ausrastet und sich freiwillig aus dem Leben verabschiedet."

Matz gab über die Tastatur einige Befehle an seinen Computer und blickte auf die Informationen, die auf dem Bildschirm erschienen. Er schüttelte verneinend den Kopf. „Ich habe ihn arbeitsunfähig geschrieben und ein starkes Beruhigungsmittel verordnet. Am Freitag vor seinem Tod und damit eine Woche nach dem Tod seiner Frau war er noch morgens bei mir in der Praxis. Er machte einen ruhigen und gefassten Eindruck auf mich. Das Medikament wirkte gut bei ihm." Matz lehnte sich in seinen Sessel zurück. „Da sprach nichts für eine derart finale Reaktion."

Er stützte sich mit den Händen auf dem Schreibtisch ab. „Aber wer kann schon in die Köpfe der Menschen blicken? Niemand."

„Zufrieden?" Bahn schaute Küpper an, der den Wagen zurück zur Dienststelle steuerte.

„Eigentlich schon", antwortete der Kommissar „Was wir alle wussten, hat sich bestätigt. Da gibt's nichts zu ermitteln. Das war eindeutig Selbstmord, werde ich meiner Putzfrau sagen können."

Bahn stimmte seinem Freund zu. „Da spricht überhaupt nichts gegen. Im Prinzip hatte das arme Schwein das Richtige getan aus seiner

Sicht. Was will er schon hier auf dieser Welt ohne Frau?"

Ingrid fiel ihm ein. Bahn blickte auf die Uhr. Er konnte es noch schaffen, rechtzeitig im Piano zu sein, und er bat Küpper, ihn vor dem Amtsgericht aussteigen zu lassen. Quer über den Hoeschplatz eilte Bahn in die Innenstadt zur Oberstraße und kam pünktlich an. Ingrid hatte sich gerade gesetzt und wollte ihre Bestellung aufgeben.

Mit strahlenden, braunen Augen schaute die schlanke Frau Bahn an. Sie gefiel ihm, sie war ganz anders als Gisela, zierlicher, kleiner, hatte braunes, langes Haar, das zu einem wippenden Pferdeschwanz gebunden war, und sie war nicht einmal dreißig Jahre alt.

Während des angeregten Gesprächs beobachtete sie Bahn intensiv, und auch Bahn ertappte sich dabei, dass er Ingrid tief in die Augen sah. Viel zu schnell verging die halbe Stunde, die sie sich beide gewährt hatten. Mit dem Wunsch, sie möchte gerne einmal einen Abend mit Bahn verbringen, verabschiedete sich Ingrid fröhlich zum Einkaufsbummel.

Nachdenklich und zugleich beschwingt ging Bahn ums Eck zur Pletzergasse. Doch in der Redaktion schlug seine Stimmung schlagartig um.

Thea wartete auf ihn. „Fritz ist sauer auf dich. Es haben sich am Nachmittag gleich drei dicke Unfälle in Kreuzau, Langerwehe und Merzenich ereignet, und du bist spurlos verschwunden. Wo warst du?"

Bahn antwortete ihr nicht. Er verschanzte sich hinter seinem Schreibtisch und las den Notizzettel durch, den ihm Waldhausen hingelegt hatte. Der Chef hatte ihm Anweisungen gegeben, wie er die noch offenen hinteren Lokalseiten zu füllen hatte.

Zerknirscht machte sich Bahn an die Arbeit. Er zog es vor, still zu bleiben, als Waldhausen mit einem Kollegen später in die Redaktion zurückkam. Er würde nur stören, wenn er jetzt wegen der Unfälle nachhaken würde, befand er.

„Mittagspause beendet, Herr Kollege?", fragte Waldhausen spitz, als er seinen Freund entdeckte.

Bahn schwieg.

Heute gab es tatsächlich verdammt schlechte Zeiten für ihn. Sie wurden nicht besser, als er am späten Abend nach Hause fuhr.

Gisela würdigte ihn keines Blickes und sagte kein einziges Wort.

Bahn legte sich ins Bett und machte sich Mut. Es konnte nur besser werden.

Funkstille

Auch am nächsten Morgen herrschte noch Funkstille im Hause Bahn. Gisela registrierte Bahn einfach nicht. Wenigstens ist Radio Rur noch auf Sendung, sagte sich Bahn, während er missmutig am Küchentisch seinen Kaffee schlürfte und den Lokalnachrichten lauschte. Das Frühstück schmeckte ihm nicht mehr, als der Nachrichtensprecher mitteilte, es habe am frühen Morgen wieder einen Anschlag auf ein Kunstwerk in Düren gegeben. Mit einem Vorschlaghammer habe ein Unbekannter die Spiegelplastik vor dem Hoeschmuseum demoliert. Drei Hohlspiegel seien zerstört worden.

Das Telefon meldete sich störend. Es dauerte eine Weile, ehe Bahn das schnurlose Gerät in der Gästetoilette gefunden hatte. „Du bekommt wohl überhaupt nichts mehr mit", begrüßte ihn Waldhausen, der ebenfalls aus der Nachrichtensendung informiert war.

„Bin ich der Chef oder du?", konterte Bahn unwirsch. „Ich bin doch nur dein Befehlsempfänger."

Waldhausen lachte nur. „Dann gebe ich dir jetzt den Befehl, ein Bild vom demolierten Kunstwerk zu machen."

Bahn ließ sich Zeit. Er studierte noch die Tageszeitung und erkannte im Nachhinein, dass er am gestrigen Nachmittag seinen Kollegen sehr viel Arbeit hinterlassen hatte. Aber das ist Schnee von gestern, tröstete er sich. Er griff zum Telefon, wählte die Durchwahlnummer von Ingrid Fossen im Amtsgericht und wünschte ihr einen ausgesprochen schönen und arbeitsreichen Tag.

Ihre Sprache und ihr Lachen versprühten einen Optimismus, der Bahn ansteckte. Schlagartig fühlte er sich besser. Er freute sich schon auf den gemeinsamen Kaffee am Nachmittag. Ihre Einladung, sie am Abend zu besuchen, wollte er noch überdenken, sagte er ihr. Aber eigentlich hatte er sich schon entschieden.

Als Bahn seinen Porsche am Hoeschpark abstellte, sah er Krupp und Kühn gerade ums Eck in Richtung Rathaus verschwinden. Wieder der letzte, ärgerte er sich, ich komme immer zu spät. Er betrachtete das Stahlgerüst mit den stramm gespannten Drahtseilen, an denen üblicherweise sieben verschieden geschliffene Spiegel hingen. Je nach Betrachtungswinkel wurde das Hoeschmuseum im Hintergrund überdimensional widergespiegelt oder der Schaulustige erkannte sich in verzerrter, vergrößerter Form. Dieses mobile Kunstwerk stand schon seit mehr als einem Dutzend Jahren vor dem Museum und war schon mehrfach beschädigt worden. Die aktuelle Attacke allein war noch keine große Geschichte wert, befand Bahn, während er zur Kamera griff. Es war nicht mehr viel zu dokumentieren, die Mitarbeiter des städtischen Bauhofes hatten die Scherben der drei zerstörten Spiegel längst eingesammelt. Etwas kahl schwebten die Drahtseile zwischen dem Gestänge, sobald die Stadt wieder genügend Geld im Kuluretat hatte, würden Ersatzspiegel die Lücken füllen.

„Das ist schon merkwürdig", meinte Waldhausen nachdenklich zu Bahn, als dieser ihm die Fotografien auf den Schreibtisch legte. „Da ist wohl ein Irrer am Werk. Drei Tage hintereinander wird ein Kunstwerk attackiert. Was ist als nächstes dran?" Er grinste seinen Freund an. „Das ist die Geschichte: Wo wütet der Kunstfeind morgen? "
„Das kann doch auch Zufall sein", gab Bahn zu bedenken, doch der Lokalchef winkte ab.
„Na und? Wir machen trotzdem die Geschichte. Systematisch werden in Düren die Kunstwerke zerstört, und die Stadtverwaltung sieht tatenlos zu." Er wollte die Geschichte vom grobschlächtigen Handwerker, der kein Verständnis für die

Dürener Kultur habe, schreiben. „Ein Filigran-
techniker ist unser Kunstbanause ja wahrlich
nicht, wenn ich mir sein Handwerkszeug an-
sehe."

Waldhausen rieb sich vergnügt die Hände. „Damit bringen wir Walter wieder auf die Palme
und allein das ist schon die Geschichte wert." Er
ließ keine Gelegenheit aus, sich an Bürgermeister Walter zu reiben, der für ihn der wahre
Herrscher über Düren war und dem er gar nicht
häufig genug auf die Finger klopfen konnte.

„Wenn du das unbedingt schreiben willst", zog
sich Bahn langsam zurück, „dann soll es mir egal
sein. Ich liefere dir gerne die Bilder."

„Du sollst übrigens Thea anrufen", gab ihm
Waldhausen noch mit auf den Weg.

Verwundert wählte Bahn ihre Rufnummer.
„Was ist?", fragte er sie ungeduldig.

„Kannst du mir noch etwas über den Selbstmord von Sonntag sagen, Helmut", bat sie ihn.
„Ich weiß nicht, ob alles so stimmt, wie es aus-
sieht."

An dem Selbstmord gebe es keine Zweifel, versicherte er ihr. Auch das Motiv sei eindeutig.
„Ich kann mir schon gut vorstellen, dass einem
eine Sicherung durchbrennt, wenn man ein De-
pri ist und der Lebenspartner auf einmal nicht

mehr da ist." Er schluckte. Hoffentlich hatte Thea das nicht falsch verstanden.

Aber sie hatte über seine flapsige Bemerkung hinweggehört. „Und warum ist Müller Frau gestorben?"

Bahn berichtete von seinem Besuch bei Rantel und Matz. „Da war nichts zu machen."

„Ich habe aus dem Birkesdorfer Krankenhaus etwas ganz anderes gehört", sagte Thea. „Das heißt, nicht ich habe etwas gehört, sondern meine Mutter." Eine Putzhilfe aus dem Krankenhaus, die im Operationsbereich arbeitet, will mitbekommen haben, dass die Frau bei der Operation gestorben ist. „Der Narkosearzt war wohl nicht dabei, als es Komplikationen gab. Es soll eine Lernschwester kurz vor dem Examen die Narkoseaufsicht geführt haben. So hat sie es jedenfalls meiner Mutter gesagt. Nein, auch das stimmt nicht. So hat sie es einer Kollegin gesagt, die es meiner Mutter gesagt hat."

„Das kann nicht sein", fiel ihr Bahn ins Wort. „Das geht doch gar nicht."

„Ich weiß es nicht. Ich sage dir nur, was ich von meiner Mutter gehört habe."

„Und ich sage dir, das sind die typischen Horrorgeschichten aus dem Krankenhaus. Die findest du überall, wo es Krankenhäuser gibt. Und die findest du auch in unserer Stadt, in Düren, in Lendersdorf und in Birkesdorf." Bahn gab sich überzeugt. „Da ist garantiert nichts dran."

„Wenn du meinst", Thea blieb ruhig, „ich wollte es nur gesagt haben." Sie schien trotzdem enttäuscht, glaubte Bahn zu spüren. Mehr aus Trost als aus innerer Überzeugung fragte er sie: „Kennst du denn die Putzfrau?"

Thea verneinte. Aber sie könne über ihre Mutter vielleicht den Namen herausbekommen. „Es schadet ja bestimmt nichts, wenn du einmal mit ihr sprechen würdest", sagte sie mit hörbarer Erleichterung.

Zu Mittag traf sich Bahn mit Küpper beim Stollenwerk, einer seiner Stammkneipen, in denen es einen preiswerten und schmackhaften Mittagstisch gab. Er berichtete ihm von Theas Erzählung und war froh, dass der Kommissar seine Einschätzung teilte. „Diese Geschichten bekommen wir tagtäglich aufgetischt. Danach sind alle Ärzte skrupellose Metzger", sagte Küpper und schnitt sich ein Stück seines appetitlichen Schnitzels ab. Gerade auf das Birkesdorfer Krankenhaus wollte der Bernhardiner überhaupt nichts kommen lassen. „Wie die in der Geriatrie meine Mutter nach dem Schlaganfall hinbekommen haben, das war schon toll. Und die Kinderklinik braucht sich wahrlich nicht vor anderen Großstadtkrankenhäusern zu verstecken."

Frohgelaunt erwartete Waldhausen seinen Freund nach der Mittagspause in der Redaktion. „Jetzt haben wir das Spektakel", freute er sich. „Gerade habe ich mit Breuer von der CDU gesprochen. Der ist voll darauf abgefahren, dass die Verwaltung und allen voran unser Bürgermeister nicht in der Lage ist, die städtischen Kunstwerke wirkungsvoll zu schützen. Der hat sogar die Vermutung geäußert, die Stadt billige die Schändungen sogar, weil die Sozis ohnehin nichts für Kultur übrig haben." Waldhausen kicherte. „Morgen ruft dann garantiert Walter an und schimpft über Breuer."

Bahn sah nicht den Sinn dieses Spektakels. „Wem nützt das denn?", fragte er kopfschüttelnd. Ihn interessierte die Dürener Kommunalpolitik nur am Rande. Politik hatte für ihn den Anstrich des Ruchlosen und Skrupellosen und er glaubte, seine Auffassung durch die Geschehnisse der letzten beiden Jahre bestätigt zu wissen.

„Das ist doch eigentlich egal", antwortete ihm der Lokalchef. Hauptsache ist, dass wir schlecht über Walter schreiben können. Der hat es nicht besser verdient." In solchen Situationen trat der Elefant in Waldhausen durch. Wenn er eine unangenehme Erinnerung an einen Menschen hatte, hinderte ihn niemand daran, sie voll auszuleben. Und Walter war mehr als einmal beim Tageblatt unangenehm aufgefallen.

Der Nachmittag zog sich schleppend dahin, es gab nicht viel zu tun in der Redaktion. Auch hatte Bahn keine Reportage im Hinterkopf, für die er umherfahren müsste. Es war die für ihn trostlose Zeit zwischen Annakirmes und Karneval, neben dem Zirkus seine beiden Spezialgebiete in der Redaktion. Routinemäßig erledigte er die Arbeiten, die ihm Waldhausen auf den Schreibtisch gelegt hatte. Mehr als einmal blickte Bahn auf die Uhr in Vorfreude auf das Wiedersehen mit Ingrid. Da waren ihm Krankenhausgerüchte und demolierte Kunstwerke in Düren ziemlich einerlei.

„Hier." Thea legte Bahn einen Zettel hin, kaum dass sie die Redaktion zum Dienst betreten hatte. „Das ist die Anschrift der Putzfrau. Frau Schupp ist heute den ganzen Tag über zu Hause, sie ist einverstanden, wenn du vorbeikommst."
Die Frau wohnte in Birkesdorf an der Einsteinstraße, wie Bahn dem Zettel entnahm. Das trifft sich gut, dachte er sich. Bevor er am Abend

nach Hoven fahren würde, wollte er noch einen kurzen Abstecher dorthin machen.

Ingrid bemerkte Bahns Unruhe, als er sich im Piano an ihre Seite setzte. Er hatte sich zwar auf die Begegnung gefreut, konnte sich aber nicht auf ein Gespräch mit ihr konzentrieren. Er bereitete sich schon auf seinen Besuch in Birkesdorf vor. „Ich lasse dich jetzt gehen, wenn du mir versprichst, heute Abend kurz vorbeizukommen", flüsterte die Frau ihm zärtlich und verständnisvoll zu. „Ich warte auf dich."

Die Wohnung der Putzfrau hatte Bahn schnell gefunden. Sie wohnte in einem roten Mehrfamilienhaus am Ende der Sackgasse, unmittelbar neben dem großen Versammlungshaus der Baptistengemeinde.

Ohne Scheu öffnete die Putzfrau die Wohnungstür, als Bahn klingelte. Sie habe ihn schon erwartet, sagte sie, während sie ins Wohnzimmer schlurfte und ihm einen Platz auf einem Sofa anbot. Auf dem Tisch hatte sie das Dürener Tageblatt liegen.

In wenigen Worten wiederholte Frau Schupp ihre unwahrscheinliche und gewiss unglaubwürdige, wenn auch erstaunliche Geschichte.

„Sie glauben mir wohl nicht?", fragte die kleine, stämmige Frau anschließend. Sie hatte Bahns skeptischen Blick durchaus richtig gedeutet.

65

„Meine Kollegin hat direkt neben dem OP gestanden, als es passiert ist. Der Rollefsen ist wie von der Tarantel gestochen in den Saal gerannt. Wenig später wurde dann die arme Frau in den Leichenkeller geschoben. Der Narkosearzt war bei der Operation nicht dabei, Herr Bahn. Ich sage es Ihnen."

„Deswegen soll die Frau gestorben sein? Das kann ich mir nicht vorstellen." Bahn wunderte sich über seine Geduld. Normalerweise wäre er aufgestanden, hätte einen guten Tag gewünscht und die Angelegenheit abgehakt. Aber etwas zwang ihn, der fast sechzigjährigen Frau zuzuhören. Sie mochte vielleicht nicht der hellste Kopf auf Erden sein, aber sie war nach seiner Einschätzung zumindest eine ehrliche Haut.

„Ob sie deswegen gestorben ist oder nicht, kann ich nicht beurteilen", entgegnete die Frau langsam. „Ich weiß nur nicht, ob sie nicht gestorben wäre, wenn der Anästhesist während der gesamten Operation anwesend gewesen wäre."

Bahn musste schlucken. Dieses Argument hatte er nicht verstanden.

„Ist ja auch egal", fuhr die Putzfrau fort. „Die Frau ist leider tot. Kennen Sie den Totenschein, Herr Bahn?"

Der Journalist verneinte zu ihrem Bedauern.

„Schade", meinte sie, „ich hätte gerne gewusst, was darin stand."

„Warum?"

„Ach, nur so. Es hätte mich interessiert."

Bereitwillig schilderte Bahn der Putzfrau seine Version von den Geschehnissen.

Sie schaute ihn nachdenklich an. „So kann es natürlich auch gewesen sein. Aber das ändert nichts an der Tatsache, dass der Narkosearzt nicht bei der Operation dabei war." Die Frau erhob sich mühsam aus einem Sessel und deutete Bahn damit an, dass sie das Gespräch langsam beenden wollte. „Und es ist wohl nicht das erste Mal gewesen, Herr Bahn."

Der Journalist stutzte.

„Was war nicht das erste Mal?"

„Es ist wohl nicht das erste Mal gewesen in der letzten Zeit, dass ein Patient nicht mehr aus der Narkose aufgewacht ist, habe ich jedenfalls gehört."

Mit der Bitte, ihren Namen nicht zu erwähnen, schob die Frau den Journalisten in den Hausflur ab. „Vielleicht haben Sie ja mal die Zeit und die Lust, nachzuforschen."

Er werde sich darum kümmern, versicherte Bahn, obwohl ihm nicht der Sinn danach stand.

Die Zeit war doch schneller vergangen, als er gedacht hatte. Er beeilte sich, um nicht zu spät bei Ingrid anzukommen und wurde prompt auf der Ringstraße geblitzt. Bahn hatte dabei noch Glück. Mit vierzig Mark und einer Ermahnung ließen es die Verkehrspolizisten bewenden.

Ingrid musste schallend über sein Missgeschick lachen und stimmte ihn damit versöhnlich. Ihr frohes Gesicht, ihr Lachen faszinierten ihn ungemein. Er fühlte sich wohl bei dieser Frau, er genoss ihre Nähe.

Auch ihre Bleibe gefiel ihm. In der Nähe der Rurbrücke hatte Ingrid eine kleine Wohnung gemietet und sie dekorativ eingerichtet. „Ich habe nichts außer dieser Wohnung", meinte sie. „Keinen Mann, keine Kinder, keine eigene Familie. Nur Geschwister." Sie strahlte Bahn an. „Es ist schön, dass du gekommen bist."

Sie hatte sich im gemütlichen Wohnzimmer neben Bahn auf das kleine Sofa gehockt und die Arme um die angewinkelten Beine verschränkt. „Manchmal ist es richtig kalt so allein", sagte sie. Den Pferdeschwanz hatte sie geöffnet, das Haar fiel ihr weich über die Schultern.

Bahn verspürte das Bedürfnis, seinen Arm um sie zu legen. Doch er bremste sich. Das ging ihm etwas zu schnell. Und sie drängelte ihn auch nicht.

Ingrid erzählte von sich und ihrem Leben, sie genierte sich nicht und ließ auch ihre Pleiten nicht aus.

Bahn hörte ihr aufmerksam zu. Er sah nur ihre braunen Augen und ihren Mund, hörte nur ihre leise Stimme und ihr helles Lachen. Er fühlte sich wohl bei Ingrid.

Als er auf die Uhr blickte, erschrak Bahn. Es war fast Mitternacht geworden. So spät wollte er nicht nach Hause gefahren sein. Normalerweise war er spätestens um zehn daheim. Ziemlich abrupt stand er auf und griff nach seiner Lederjacke.

Auch diesen hastigen Aufbruch nahm ihm Ingrid nicht übel. „Ich würde mich freuen, wenn wir uns morgen wieder im Piano sehen würden", sagte sie zum Abschied und umarmte ihn flüchtig.

Beschwingt und zufrieden fuhr Bahn quer durch Düren zur Kampstraße. Als er aus dem Porsche ausstieg, hörte er schon das Telefon. Schnell öffnete er die Haustür und wunderte sich, dass das Telefon ausnahmsweise einmal am angestammten Platz zu finden war.

Thea war am anderen Ende der Leitung. „Wo warst du bloß, Helmut", hörte er sie schimpfen. „Ich rufe schon seit zwei Stunden ununterbrochen bei dir an."

„Was ist denn los?", fragte Bahn irritiert.

„Was los ist, willst du wissen? Deine Frau bist du los."

Bahn erschrak, doch ließ ihn Thea nicht zu Wort kommen. „Gisela ist heute Abend ausgezogen. Sie hat mir gesagt, ich soll dich informieren. Sie hat die Schnauze voll von dir. Sie wünscht dir viel Glück mit deiner Flamme Ingrid."

„Da ist doch nichts", wollte Bahn protestieren. „Das bildet Gisela sich doch alles nur ein. Die Frau hat einfach zuviel Phantasie."

Wieder schnitt ihm Thea barsch das Wort ab. „Das ist mir egal, ob da was ist oder nicht. Das ist dein Problem, und ich bin nicht dein Beichtvater."

„Wo ist denn Gisela?"

„Ich weiß es nicht, Helmut, und selbst, wenn ich es wüsste, würde ich es dir nicht sagen. Das ist nicht meine Sache."

„Wie kommt Gisela denn ausgerechnet auf Ingrid?", stotterte Bahn, der bei Theas Antwort leichenblass wurde.

„Weil du Idiot sie heute Morgen von zu Hause aus im Amtsgericht angerufen hast. Gisela brauchte nur die Wahlwiederholungstaste zu drücken."

Bahn wurde schwindelig. Das fehlte ihm noch, dass Gisela ihn jetzt alleine ließ. Es war doch solange alles gut gegangen.

Unruhig legte er sich ins Bett und es war ihm kalt wie lange nicht mehr.

Schweigepflicht

Wie gerädert fühlte sich Bahn, als er am Morgen aufstand. Er hatte eine Nacht hinter sich gebracht, in der er bei jedem Auto, das über die Kampstraße gefahren war, aufhorchte in der Hoffnung, jemand würde Gisela nach Hause bringen. Bisher hatte er sich nie große Sorgen gemacht, wenn sie mal wieder ausgezogen war, weil sie sich gestritten hatten oder sie ihn bei einem Seitensprung ertappt hatte. Doch dieser abrupte Auszug hinter seinem Rücken ging ihm näher als die vorherigen. Er spürte unbewusst, dass dieser Auszug endgültig sein könnte. Dabei war er sich keiner Schuld bewusst.

Was war denn schon dabei, wenn er einen Abend mit Ingrid in angenehmer Unterhaltung verbrachte? Da war doch überhaupt nichts Verfängliches oder gar Anzügliches gewesen. Bahn hätte es gerne Gisela ins Gesicht gesagt. Aber sie war nicht für ihn zu sprechen.

Vom Büro aus rief Bahn Thea an und bat sie, ihm noch einmal ihr Gespräch mit Gisela zu schildern. Thea blieb jedoch kurz angebunden. „Es gibt nicht viel zu sagen, Helmut. Nach Giselas Auffassung hast du gestern den Bogen überspannt. Mehr sage ich nicht. Es gibt da eine Schweigepflicht über vertrauliche Gespräche."

Bahn wollte ihr die Situation erklären, doch fiel ihm Thea ins Wort. „Ich will es überhaupt nicht wissen. Das musst du ausbaden und zwar ohne mich." Sie legte auf, ohne Bahn die Möglichkeit zur Erwiderung zu geben.

Verunsichert hockte er sich an seinen Schreibtisch und schlürfte mürrisch den Kaffee, den Fräulein Dagmar gebraut hatte. „Wo kann Gisela sein?", fragte er sich.

Waldhausen unterbrach seine Gedankengänge. „Fahre mal raus nach Arnoldsweiler, dort hat unser Kulturfreund wieder zugeschlagen. Diesmal war es die Rückriem-Statue fast am Ortsausgang in Richtung Ellen."

Bahn war froh, Abwechslung zu haben. Die Unsicherheit in ihm machte ihn nervös und zittrig. Er schnappte sich seine Lederjacke und die Nikon und marschierte schnell zu seinem Wagen.

An der Neusser Straße in Arnoldsweiler waren die Mitarbeiter des Bauhofes schon dabei, die Spuren der Schandtat zu beseitigen. Jemand hatte in der Nacht das steinerne Denkmal mit Teer, Farbe und auch Klebstoff überschüttet und obendrein auch noch ein Feuer gelegt, das den Naturstein allerdings nicht schädigen konnte. Mit in Säure getunkten Schrubbern gingen die Stadtarbeiter zu Werke. Die Statue habe vor einer Stunde noch viel schlimmer ausgesehen, erklärten sie bereitwillig Bahn, der sie bei ihrer Arbeit ablichtete. Er käme zu spät. Die anderen Fotografen und auch der Pressesprecher der Stadt seien schon längst wieder fort.

Missmutig fuhr Bahn zurück in die Redaktion. Fräulein Dagmar wartete schon auf ihn. „Fritz kümmert sich um den Text für die demolierte Statue. Du sollst zuerst Küpper anrufen und dann deine neue Flamme, Ingrid Fossen." Die erfahrene, mütterliche Redaktionssekretärin schüttelte verständnislos den Kopf. „Es geht mich ja nichts an, Helmut. Aber hast du was mit der?"

„Nein, nein und nochmals nein", brüllte Bahn, während er sich umdrehte und in sein Zimmer eilte. „Was wollt ihr alle von mir?" Er setzte sich an seinen Schreibtisch, stützte sich auf und rieb sich mit den Händen übers Gesicht. Er fühlte sich nicht wohl, ihm wurde schwindelig.

Nach einigen Minuten ging es ihm besser. Bahn wählte mechanisch die Nummer im Amtsgericht, obwohl er eigentlich Küpper sprechen wollte, und hatte Ingrid in der Leitung.

Sie freute sich offenkundig über seinen Rückruf und fragte vorsichtig, ob sie sich am Nachmittag treffen könnten. Als Bahn ebenso vorsichtig sagte, er wolle mal schauen, ob es klappt, hörte er, wie Ingrid erleichtert aufatmete.

„Es war so schön mit dir gestern Abend", flüsterte sie. „Es würde mich freuen, wenn wir uns bald wiedersehen."

Das Gespräch hatte Bahn gut getan. Seine Stimmung besserte sich. Er malte sich in Gedanken schon das Treffen mit Ingrid aus.

„Kommst du mit nach Birkesdorf?", fragte ihn Küpper, als Bahn ihn anrief. „Ich fahre noch einmal ins Marien-Hospital. Da hat es in der Nacht einen Zwischenfall gegeben." Er wollte Bahn am Telefon allerdings nicht sagen, was passiert war. „Das erkläre ich dir während der Fahrt."

„Wieso nimmst du mich mit? Was ist denn mit deinem Assistenten?" Bahn wunderte sich über die von Küpper gezeigte Bereitschaft.

Der Bernhardiner lachte kurz auf. „Wenzel hat gottseidank Urlaub und ich habe keinen Ersatzmann. Da nehme ich dich halt mit, wenn's dir recht ist."

„Was ist eigentlich los im Krankenhaus?", fragte Bahn, als er im Wagen von Küpper saß. Er hatte den Kommissar über sein Gespräch mit Frau Schupp informiert und hoffte nun im Gegenzug auf Aufklärung durch Küpper.

„Eine dubiose Geschichte hat es gegeben", meinte der Bernhardiner. „Rantel hat mich angerufen. In seinem Büro ist eingebrochen worden."

„Dafür ist aber nicht das Morddezernat zuständig", wunderte sich Bahn. „Ihr habt doch Spezialisten für Einbrüche. Was willst du denn da?"

„Ich habe mich angeboten, hinzufahren, da ich ja Rantel kenne und momentan ohnehin ohne Arbeit bin. Bei den Kollegen herrscht dagegen Hochbetrieb."

Bahn schaute ihn fragend an und Küpper sagte: „Mit Wenzel sind offenbar auch alle Mörder und Totschläger aus Düren ausgezogen." Es sei richtig friedlich im Städtchen. Da habe er sich bereit erklärt, den Fall aufzunehmen. „Und", Küpper grinste Bahn an, „ich habe endlich mal einen Assistenten, mit dem ich mich vernünftig unterhalten kann."

75

Völlig aufgelöst begrüßte der Chirurg Bahn und Küpper in seinem Büro. Es sei ihm in seiner langen Karriere noch nie vorgekommen, dass jemand seine Akten gestohlen habe, berichtete er ihnen. Er zeigte auf den Aktenschrank an der Stirnseite seines Büros. „Sehen Sie nur, sämtliche Ordner mit allen Unterlagen der Operationen der letzten drei Jahre sind verschwunden."

Rantel konnte sich nicht vorstellen, was ein Einbrecher mit diesen Akten anfangen könnte. Obendrein sei es für ihn unverständlich, wie jemand überhaupt in sein Büro gelangen konnte.

„Der materielle Verlust ist dabei noch gering, der Vertrauensverlust macht mir zu schaffen." Der Ehrenkodex stünde auf dem Spiel. „Es gibt ja immerhin noch eine ärztliche Schweigepflicht. Was ist damit, wenn der Einbrecher mit den Akten hausieren geht und sein Wissen über die Krankheiten meiner Patienten veröffentlicht?"

Rantel starrte Küpper und Bahn entsetzt an. „Das ruiniert meinen Ruf."

Anhaltspunkte auf einen oder mehrere Täter habe er nicht. „Das müssen Profis gewesen sein, die sich auskannten", vermutete er.

Küpper schwieg zu dieser Theorie. Ob es Kopien der Akten gebe, wollte der Bernhardiner wissen, was Rantel bestätigte. „Das steckt alles im

Computer drin. Insofern ist der materielle Schaden, wie gesagt, gering. Ich habe schon veranlasst, dass ich neue Ausdrucke bekomme."

In der Tat zeigten sich in Rantels Büro keinerlei
Spuren eines Einbruchs, wie der Kommissar
feststellte. „Da hat jemand die passenden
Schlüssel gehabt und ein geschicktes Händ-
chen", meinte er. Er machte sich einige Notizen
und reichte Rantel die Hand zum Abschied. Beinahe beiläufig fragte er dabei: „Stimmt es eigentlich, dass bei der Operation von Frau Müller der Anästhesist nicht die ganze Zeit über anwesend war?"

Rantel zuckte fast unmerklich zusammen. „Woher wissen Sie das?", fragte er spontan, doch
dann winkte er souverän ab. „Das war in der Tat
so. Während der Operation gab es noch eine
Notaufnahme nach einem Autounfall. Da
musste mein Kollege Rollefsen rüber in den anderen OP, um die Anästhesie vorzubereiten."
Rantel zwang sich ein müdes Lächeln ab. „Ein
Mensch kann nur auf einer Hochzeit tanzen."

„Es sei denn, es handelt sich um eine Doppel-
hochzeit", ergänzte Bahn höflich.

„Siehst du, damit hat sich auch die angebliche
Hektik von Rollefsen auf verständliche Art und

Weise erklärt", sagte Küpper auf der Fahrt zurück in die Innenstadt.

Bahn schwieg dazu. „Wer klaut denn schon Akten, frage ich mich", dachte er laut nach. „Wer hat Interesse daran?"

Küpper nahm den Gedanken auf und antwortete: „Jemand, der weiß, welchen Vorteil er dadurch hat oder welchen Nachteil er für sich dadurch vermeiden kann."

„Aber das ist wenig erfolgreich", meldete sich Bahn wieder zu Wort. „Im Computer sind doch alle Daten gespeichert."

„Dann muss sich jemand für die Akten interessieren, der keinen direkten Zugang zum Computer hat", folgerte Küpper, „und damit scheiden wohl alle Ärzte des Marien-Hospitals als mögliche Einbrecher aus. Oder?"

Bahn blieb stumm. Er konnte Küpper nicht widersprechen. Außerdem fühlte er sich nicht wohl. Er hatte wieder einen Schwindelanfall.

Müde schleppte er sich ins Labor, um den Film vom Morgen zu entwickeln, und dann an seinen Schreibtisch. Mechanisch verrichtete er seine Redakteurstätigkeit, fluchte bisweilen über die Pressemitteilung aus den Rathäusern der Verwaltungen im Dürener Umland, die im gestelzten Amtsdeutsch einfache Sachverhalte kompliziert darstellten, und ärgerte sich über die langatmigen Leserbriefe, mit denen Politiker oder deren Helfershelfer versuchten, Meinung zu machen und Einfluss zu gewinnen.

Die Arbeit lenkte ab. Waldhausen hatte Bahn in Ruhe gelassen. „Wenn der seine Macke hat, muss man ihn lassen", meinte er am Nachmittag, als Thea ihren Dienst antrat.

Sie hatte den Lokalchef über die private Situation von Bahn aufgeklärt und bei Waldhausen gerade einmal ein leichtes Stirnrunzeln bewirkt. „Das ist sein Bier. Ich bin doch nicht sein Aufpasser."

„Aber du bist sein Freund. Willst du nicht mit ihm reden?"

„Jetzt nicht", wiegelte Waldhausen ab. „Ich habe wichtigeres zu tun." Er nahm Thea in die Arme und drückte sie an sich. „Das wird wieder werden. Da bin ich mir ganz sicher."

Punkt halb fünf verließ Bahn grußlos die Redaktion, schlenderte beinahe gelangweilt zum Markt und schaute verstohlen durch die Fenster ins Piano. Ingrid saß schon an einem Tisch und schien zu lachen. Sie war in ein Gespräch mit einem Mann verwickelt. Verunsichert trat Bahn in das Café und näherte sich dem Paar. Als Ingrid Bahn erkannte, strahlte sie ihn an und stellte ihren Begleiter als ihren Bruder vor. Der

Unbekannte grüßte kurz und ließ die beiden allein.

Bahn setzte sich und fühlte sich sofort wieder von Ingrid verzaubert. Sie gab ihm ein Gefühl der Ruhe. Ganz anders als bei Gisela, die in seinen Augen auf einmal launenhaft und fordernd erschien. Gerne nahm er Ingrids Bitte auf, sie nach Hause zu fahren, und gerne nahm er ihre Einladung an, noch einige Minuten bei ihr zu bleiben.

Aus den Minuten wurden Stunden, in denen Ingrid wieder viel erzählte. Bahn hörte ihr geduldig zu. Er musste sich spät in der Nacht geradezu dazu zwingen, zu fahren. Ingrids Angebot, bei ihr auf dem Sofa im Wohnzimmer zu übernachten, lehnte er ab. Ihren Wunsch nach einem Gute-Nacht-Kuss erfüllte er dagegen liebend gerne.

Auf der Fahrt in die Boisdorfer Siedlung dachte Bahn wieder an Gisela. Ob sie zurückgekommen war? Er hoffte es und befürchtete es zugleich.

Bahn kam nicht dazu, nachzuschauen, ob sie schlief. Als er die Haustür öffnete, empfing ihn das klingelnde Telefon.

„Hallo, mein Freund", säuselte es ihm entgegen. „Hier ist der liebe Gottfried. Wo treibst du dich nur mitten in der Nacht herum, wenn in

Düren die Menschen sterben, du kleiner Schlingel."

„Hör mit dem Gesuse auf, du Affe", schnauzte Bahn seinen Informanten Jansen an. Jansen bekam wirklich, so bedauerte Bahn es für einen Moment verärgert, ziemlich alles mit, was über Funk in Düren übermittelt wurde. Er schien rund um die Uhr am Funkgerät zu sitzen. Ihm entging leider fast nichts.

Jansen ging auf Bahns Attacke überhaupt nicht ein. „Deinen Chef kann ich ja bei seinem holden Familienglück nicht stören. Da habe ich lieber dich angerufen." Er wechselte urplötzlich die Stimmlage. „Todesfall im Birkesdorfer Krankenhaus. Da ist wohl vor wenigen Minuten jemand gestolpert."

„Und?"

„Und aus dem obersten Stockwerk fast direkt vor den Eingang gefallen. Vielleicht ist es ja mehr als ein Selbstmord?" Jansen verfiel wieder in den säuselnden Tonfall. „Mach' was draus, mein Bester, und denke an mein Honorar." Unvermittelt legte er auf, ohne weitere Nachfragen zu gestatten.

Nach einem Blick ins leere Schlafzimmer überlegte Bahn nicht lange. Er sprang in den Porsche und fuhr zurück in den Dürener Norden.

An der Hospitalstraße in Birkesdorf versperrte ein Polizeiwagen die Durchfahrt. Bahn durfte jedoch passieren, als ihn der Polizist erkannte. Er fuhr noch die wenigen Meter bis zum Parkplatz eines Imbisses und ging dann mit der Nikon unterm Arm zum Haupteingang des Marien-Hospitals. Polizeiwagen und ein Einsatzwagen der Feuerwehr waren mitten auf der Straße vor der rechtwinkligen Kurve abgestellt. Eine große, schweigende Menschentraube hatte sich vor dem Parkplatz rechts neben dem Aufgang versammelt. Dennoch hatte Bahn keine Mühe, vorzudringen. Fast am Gebäude erkannte er in der zum Keller führenden Rampe, der von mehreren Scheinwerfern angestrahlten Fläche eine große, dunkle Plane. Darunter lag wohl die Leiche, vermutete er.

„Wer ist es denn?", fragte der Journalist einen Polizisten, den er durch mehrere gemeinsame Einsätze kannte und mit dem er sich gut verstand.

„Es ist eine Frau. Wir vermuten, dass es sich um eine Patientin handelt", antwortete der Polizist bereitwillig. „Momentan gehen wir gemeinsam mit einem Arzt die Patientenliste durch. Das kann noch etwas dauern." Er blickte Bahn an. „Willst du für uns ein Bild machen? Von meinen Kollegen schafft es keiner."

Bahn schluckte. Er hatte schon oft Bilder für die Polizei gemacht, wenn er bei Unfällen zugegen war. Im Gegenzug ließen ihn die Polizisten auch gewähren, wenn sie andere Pressevertreter zurückschickten. Bahn blickte um sich. „Vor all den Gaffern hier?"

„Vielleicht ist es sogar gut, wenn die alle gaffen. Vielleicht erleben die ihren Schock des Lebens und schauen nie mehr zu, wenn wir unsere Arbeit tun."

Bahn atmete tief durch. „Okay." Er zückte die Kamera und kontrollierte die Einstellungen, während er sich der Plane näherte. „Aber schnell."

Zwei Sanitäter zogen die Plane zurück. In einer großen Blutlache lag ein zerschmetterter Körper. Ein Aufschrei des Entsetzens ging durch die Menge, derweil Bahn auf den Auslöser seiner Kamera drückte. Er achtete nicht auf das Motiv, sondern nur auf das Funktionieren der Kamera. Das war die beste Methode, um solche Bilder überhaupt machen zu können.

Dennoch sackten ihm die Beine weg, als die Sanitäter die Leiche wieder abdeckten. Polizisten griffen Bahn hilfreich unter die Arme und schleppten ihn zu einem Wagen, in den er sich hockte und die Augen schloss.

Bahn wusste nicht, wie lange er dort gesessen hatte. Der Einsatzleiter rüttelte ihn wach. „Wenn du mir den Film gibst, gebe ich dir die Informationen."

Bahn nickte zustimmend und spulte den Film ins Kameragehäuse zurück. „Was ist denn?"

„Es handelt sich nicht um eine Patientin, Helmut. Es handelt sich um eine Krankenschwester, genauer gesagt, um eine Lernschwester kurz vor dem Examen. Sie wohnt drüben im Schwesternwohnheim neben der Kinderklinik." Mehr konnte der Polizist nicht sagen. „Den Rest erledigen wir morgen. Vielleicht kommt ja auch die Kripo raus."

„War's denn ein Selbstmord oder nicht?"

„Ich weiß es nicht. Es sieht aber nach Selbstmord aus. Aber das können wir am Tage besser klären als jetzt in der Nacht." „Habt ihr denn den Namen?"

Der Polizist bejahte. „Aber den können wir dir nicht nennen. Immerhin gibt es noch so etwas wie eine Schweigepflicht." Er bot Bahn fürsorglich an, ihn nach Hause zu fahren, doch lehnte der Journalist ab.

„Ich fühle mich wieder in Ordnung. Ich komme schon nach Hause." Bahn warf noch einen Blick auf den Eingang und sah, dass die Tote inzwischen weggebracht worden war. Der Fundort wurde durch Bänder abgesichert, die Scheinwerfer wurden wieder abmontiert.

Bahn klemmte sich in seinen Porsche und fuhr gedankenverloren zur Kampstraße.

Kaum hatte er das Badezimmer betreten, musste er sich übergeben. Er stolperte ins Bett und schlief sofort ein.

Vollnarkose

Bahn verschlief. Zum ersten Mal seit etlichen Jahren wurde er nicht rechtzeitig wach. Zwar schaute niemand in der Redaktion auf die Stechuhr, wenn man zum Dienst antrat, wie auch niemand darauf achtete, wann man abends wieder ging. Aber Bahn hatte es sich angewöhnt, spätestens um halb neun am Arbeitsplatz zu erscheinen.

Er hatte tief und fest geschlafen wie ein Murmeltier und wurde erst gegen zehn Uhr wach. Er erschrak beim Blick auf den Radiowecker und sprang eilig aus dem Bett. Wieder wurde ihm schwindelig. Doch legte sich das Kreisen in seinem Kopf, als er unter der Dusche stand.

Bahn wusste nicht, warum er ein schlechtes Gewissen hatte, als er kurz vor elf in die Redaktion trat. „Sorry, ich habe verschlafen", entschuldigte er sich zerknirscht bei Waldhausen. „Heute Nacht ist es wohl etwas zu spät geworden."

„Und warum?" Auf die Antwort war Waldhausen sichtbar gespannt.

„Weil ich mich in Birkesdorf herumgetrieben habe", antwortete Bahn. In wenigen Sätzen schilderte er die nächtliche Begebenheit und wunderte sich, dass sein Chef erleichtert aufatmete.

„Dann ist es ja gut", meinte Waldhausen. „Küpper sucht übrigens wieder einen Assistenten. Du sollst ihn anrufen."

Bahn wollte Waldhausens Zimmer verlassen, als dieser ihn zurückrief. „Ach, übrigens, wenn du schon in Birkesdorf bist, dann mache doch noch ein Foto von der Plastik im Rurpark am Minigolfplatz. Da hat wieder unser Denkmalschänder zugeschlagen."

Insgeheim ärgerte sich Bahn über diesen Auftrag. Der Spuk um die Zerstörung von Kunstwerken ging ihm langsam auf die Nerven. Immer wieder wurde er dadurch von anderen Dingen abgelenkt, wobei sich Bahn allerdings nicht erklären konnte, welche Dinge er damit meinte.

Küpper hatte keine Probleme, den Besuch im Birkesdorfer Krankenhaus mit einer Stippvisite im Rurpark zu verbinden. „Erst die Arbeit, dann die Kultur", sagte er zu Bahn, als er ihn in seinem weißen Dienst-Opel an der Redaktion abholte.

„Was willst du eigentlich im Marien-Hospital?", fragte Bahn ihn neugierig.

„Mich über Lernschwester Brigitte informieren."

„Ach ja." Bahn reichte vorläufig diese Angabe. Das musste die Tote sein. „Selbstmord?"

„Wahrscheinlich", antwortete der Kommissar. „Vielleicht finden wir ja noch einige Hinweise dafür."

„Wo denn?"

„Zum Beispiel in ihrem Zimmer im Schwesternwohnheim." Küpper langte nach einem Schlüssel, den er auf der Konsole abgelegt hatte. „Den haben wir im Kittel der Toten gefunden."

Direkt vor dem Wohnheim an der Eintrachtstraße fand Küpper einen der seltenen, freien Parkplätze. „Damit ist mein Glück für heute verbraucht", meinte er schmunzelnd. „Ab jetzt komme ich nur noch mit intensiver Arbeit weiter." Er sah keine Veranlassung, seine Inspektion des Zimmers bei der Krankenhausverwaltung anzumelden. „Wenn wir nichts finden, haben wir wenigstens nicht die Pferde rebellisch gemacht. Und wenn wir etwas finden, brauchen wir es nicht jedem auf die Nase zu binden." Der Bernhardiner schüttelte entschlossen den Kopf, während er die Tür zum Heim öffnete. „Wir können später immer noch bei der Leitung Bescheid sagen."

Suchend ging er durch den Flur, bis er in der ersten Etage das Zimmer der Verstorbenen gefunden hatte. Niemand war den beiden begegnet. „So leicht kann es sein, irgendwo einzubrechen", sagte Küpper kopfschüttelnd zu seinem Begleiter. „Los!" Er öffnete die Zimmertür, trat schnell ein und verschloss sie wieder, nachdem ihm Bahn gefolgt war.

Die Lernschwester hatte es sich gemütlich gemacht in dem Zimmer. Viele Decken und Kissen lagen auf der Schlafcouch. Etliche Blumentöpfe standen vor dem Fenster. In einem Regal war neben zahlreichen Fachbüchern und Aktenordnern auch noch eine Stereoanlage aufgebaut. Der Schreibtisch mit dem Telefon machte einen aufgeräumten Eindruck.

Interessiert ließ sich Küpper auf dem Schreib-tischstuhl nieder. Seine Augen blickten suchend umher. „Bediene dich ruhig", forderte er Bahn auf, „schließlich bist du ja mein Assistent."

Bahn durchblätterte mehrere Aktenordner, fand darin aber nur Aufzeichnungen von Unter-richtsstunden. „Was sollen wir hier denn schon finden?", fragte er den Bernhardiner.

Küpper schaute ihn stirnrunzelnd an. „Ich weiß es nicht. Ich wundere mich nur."

„Worüber?"

„Über diese Telefonnummer." Er zeigte auf eine Zahlenreihe, die die Schwester auf die Schreibunterlage notiert hatte. „Kennst du sie?"

Die fünfstellige Nummer, die mit einer drei be-gann, sagte Bahn nichts. „Die könnte durchaus aus dem Bereich Arnoldsweiler stammen", mutmaßte er.

„Richtig", bestätigte Küpper. „Wenn du jetzt im Telefonbuch unter dem Namen Müller in der Bürgewaldstraße nachschaust, wirst du diese Nummer finden. Das ist nämlich die Telefon-nummer unseres Selbstmörders."

„Woher weißt du das so genau?", fragte der verblüffte Bahn, der keinen Zweifel an der Rich-tigkeit von Küppers Angabe hegte.

Der Kommissar kramte aus seiner Sakkotasche einen kleinen Zettel. „Hier, diese Telefonnummer habe ich bei Müller gefunden." Er gab Bahn das Papier. „Es ist die aus diesem Zimmer", sagte er und deutete auf die am Telefon angeklebte Nummer.

„Dann kannten sich Müller und Schwester Brigitte also?"

„Zumindest kannten sie die gegenseitigen Telefonnummern, mein Freund. Wozu uns dieses Wissen nützt, kann ich dir aber nicht sagen. Wir können nur vermuten."

„Und eine Vermutung ist die, dass die beiden wegen der tödlich verlaufenen Operation von Frau Müller miteinander ins Gespräch gekommen sind."

Küpper nickte. „Diese Vermutung können wir jedenfalls anstellen." Er hatte während des Gesprächs die beiden Schubladen des Schreibtischs geöffnet und den Inhalt auf die Platte gekippt. Langsam blätterte er durch die vielen Papiere. „Hoppla", äußerte er spontan. Er pickte ein Blatt heraus. „Das sieht nach dem OP-Bericht aus."

„Der ist doch gestohlen", entfuhr es Bahn unwillkürlich.

„Der wurde gestohlen", bestätigte Küpper, „wenn wir unterstellen, dass Rantel uns nicht belogen hat. Und ich gehe davon aus, dass tatsächlich bei Rantel eingebrochen worden ist." Er kratzte sich an der Schläfe. „Dann aber muss Schwester Brigitte oder ein ihr Vertrauter den Bericht gestohlen haben. Oder?"

Bahn stimmte zu. „Wo sind denn die anderen Akten?", fragte er aufgeregt. „Die sind doch nicht hier, oder?" Er blickte sich noch einmal suchend um.

„Die finden wir hier nicht, Helmut", sagte Küpper. „Es gibt nur dieses Blatt. Keine Ahnung, wo die anderen geblieben sind."

Mit der Zusicherung, er werde Bahn eine Kopie des OP-Berichts machen, verließen sie wieder das Zimmer.

„Jetzt schnell zum Rurpark", drängelte Bahn, doch bremste ihn Küpper.

„Zuerst will ich noch mit Rantel sprechen." Er sah Bahns Staunen. „Vielleicht kann der uns etwas über ein Motiv sagen. Oder hast du etwa im Zimmer Hinweise gefunden? Ich jedenfalls nicht."

Rantel hockte hinter seinem Schreibtisch und studierte ein Papier, als Küpper und Bahn in sein Zimmer eintraten. Er hatte inzwischen den Einbruch offensichtlich verdaut. „Ich habe mir die Unterlagen neu ausdrucken lassen", sagte er mit einem Fingerzeig zum offenen Akten-schrank.

„Können wir uns denn einmal die Akten anse-hen?", fragte der Kommissar höflich.

Für einen kurzen Moment bekam der Arzt ei-nen starren Blick, aber er hatte sich sofort wie-der unter Kontrolle. Er bedauerte: „Es gibt keine gesetzliche Grundlage, die rechtfertigen würde, dass ich Ihnen Einsicht gewähren könnte. Damit würde ich, wie Sie beide wissen dürften, gegen die ärztliche Schweigepflicht verstoßen. Es sei denn", Rantel atmete durch, „Sie wären durch polizeiliche Ermittlungen legi-timiert."

„Wir ermitteln zwar im Todesfall Ihrer Lern-schwester", pflichtete Küpper ihm bei. Er lä-chelte. „Aber dieser Fall dürfte wohl in keinem Zusammenhang mit Ihren OP-Berichten ste-hen."

„Wie sind denn die Akten angelegt?", mischte sich Bahn fragend ein, „chronologisch oder al-phabetisch?"

„Bei mir chronologisch, damit ich immer die ak-tuellsten Operationen im Blick habe", erklärte der Chirurg. „Aber es ist natürlich im Zeitalter des Computers kein Problem, alle Operationen eines bestimmten Patienten im Laufe der letzten Jahre zusammenzustellen. Ich kann es Ihnen gerne einmal demonstrieren."

Küpper merkte, dass Rantel sich ärgerte, dieses Angebot gemacht zu haben und es am liebsten wieder zurückgezogen hätte, aber Bahn hatte schon reagiert. „Dann zeigen Sie uns doch einmal das Krankenblatt mit den Operationen von Frau Müller. Sie wissen schon, wen ich meine. Die mit dem unheilbaren Krebsleiden."

Rantel nickte ungehalten. „Kein Problem." Er gab einige Daten in seinen Computer ein und sagte dann mit einem Blick auf den Bildschirm: „Die Frau wurde nur ein einziges Mal hier operiert." Er nannte das Datum.

„Und den OP-Bericht finden Sie jetzt unter diesem Tag?", fuhr Bahn fort.

„In der Tat", bestätigte der Arzt. Er stand auf, ging zum Aktenschrank und zog den rechten Ordner hervor. Schnell blätterte er durch die Seiten. „Hier", er tippte mit seinem Zeigefinger auf eine der hinteren Akten, „hier ist sie." Er wandte sich wieder seinem Schreibtisch zu. „Damit aber genug der Information."

Bahn war dennoch zufrieden.

Küpper kam auf sein Anliegen zu sprechen. „Können Sie uns vielleicht sagen, warum Ihre Lernschwester in den Tod gesprungen ist?"

„Nein. Ich kann es allenfalls vermuten", sagte Rantel nachdenklich. „Vielleicht hing es mit ihrer Leistung zusammen. Wie ich mittlerweile vom Leiter unserer Krankenpflegeschule erfahren habe, hat Schwester Brigitte enorm nachgelassen. Sie war fahrig und oberflächlich. So wie sie sich in den letzten Monaten verhielt, hätte sie wahrscheinlich die Abschlussprüfung nicht bestanden."

„Stand sie denn unter Medikamenten- oder Drogeneinfluss?", hakte Küpper nach.

Rantel verneinte. „Dafür hatten wir keine Anzeichen. Ihre praktische Arbeit auf der Station hat sie problemlos bewältigt. Die Theorie bekam sie einfach nicht in den Griff."

„War sie vielleicht schwanger?"

„Ich weiß es nicht. Aber ich kann es mir nicht vorstellen. Sie hatte keine feste Beziehung, wie mir die Ausbildungsschwester heute Morgen noch sagte."

Er bot sich an, Küpper und Bahn in die sechste Etage zu begleiten, wo sich der Kommissar umsehen wollte. Mit dem engen, alten Aufzug neben dem Treppenhaus fuhren sie in das oberste Stockwerk und traten in dem leeren Zimmer auf das versiegelte Fenster zu, durch das die Schwester geklettert und hinabgesprungen war.

„Ist das alles?", fragte Bahn verblüfft. „Haben Sie keine weitere Absicherung?"

„Warum sollten wir, das hat bisher ausgereicht", bemerkte Rantel lapidar, „und das wird auch in Zukunft ausreichen."

„Es ist doch nicht das erste Mal, dass hier jemand abgeflogen ist, oder?"

Rantel lächelte schwach. „Alle Jahre kommt es hin und wieder einmal vor. Das waren zwei oder drei todkranke Patienten. Die hätten wir nicht retten können." Er sah Bahn entschuldigend an. „Wenn die nicht abgeflogen wären, wie Sie es auszudrücken pflegen, dann hätten die sich einen Strick genommen oder mit Schlaftabletten vergiftet. Entschlossene Selbstmörder halten Sie mit nichts von ihrer Tat ab."

Küpper schwieg. Er hatte offensichtlich genug gesehen und mahnte zum Aufbruch.

„Glaubst du dem Vogel?", fragte ihn Bahn auf der Fahrt zum nahen Rurpark.

„Es gibt keinen Grund, ihm nicht zu glauben. Aber ich werde trotzdem den Staatsanwalt bitten, eine Untersuchung der Leiche zu veranlassen. Vielleicht gibt es ja doch Spuren einer Schwangerschaft oder Abhängigkeit."

„Meinst du, der willigt ein?"

„Ich werde ihn schon überreden können. Das ist doch auch eine gute Übung für angehende Mediziner, aus einem total zerfetzten Körper noch brauchbare Analysen zu ziehen."

An der Mariaweiler Brücke neben dem Rurpark wartete Kühn auf sie. „Typisch Tageblatt. Das kommt immer, wenn alle anderen schon längst gegangen sind", begrüßte er Bahn launisch.

„Warum wartest du denn überhaupt auf mich?", erwiderte der Journalist.

„Weil unser aller Bürgermeister um halb eins unbedingt eine Pressekonferenz in der Festhalle abhalten will und ich dich hier abpassen muss."

Küpper stöhnte auf. „Muss das sein?"

Bahn hatte verstanden. „Wenn Herr Kühn mich mit nach Düren nimmt, können Sie fahren, Herr Kommissar."

Der Pressesprecher der Stadt willigte ein. Er zeigte Bahn das demolierte Kunstwerk, ein überdimensionales, mehrfarbiges Brillengestell, das mitten auf der Wiese zwischen Rur und Minigolfplatz stand. Beide Flügel waren vermutlich mit einer Schleifhexe durchgetrennt worden, so dass das Vorderteil umgekippt war.

„Jetzt liegt sie ja eigentlich richtig", kommentierte Bahn lakonisch, während er fotografierte. „Wenn wir davon ausgehen, dass die

96

Brille dokumentieren sollte, unsere Politiker in Düren haben den Durchblick, so zeigt uns der jetzige Zustand, dass es ihnen am Durchblick fehlt."

„Sage das bloß nicht Walter, dann ist der wieder auf hundertachtzig", mahnte Kühn.

„Ich werde es ihm nicht sagen, ich werde es in einer Glosse schreiben", entgegnete Bahn frohgemut.

Kühn forderte den Journalisten zur Eile auf. „Ich will meinen Boss nicht zu lange warten lassen. Komm' endlich!"

Gemeinsam hasteten sie zum Restaurant der Birkesdorfer Festhalle. Dort hatte sich an einem Ecktisch der Bürgermeister mit Journalisten der verschiedenen Tageszeitungen, Wochenblätter und des lokalen Rundfunksenders Radio Rur versammelt. Sie hatten Getränke vor sich stehen.

Die Begrüßung zwischen Bahn und Walter fiel gewohnheitsgemäß frostig aus, was die meisten Kollegen von Bahn irrigerweise auf eine fast schon naturgegebene Animosität zwischen Tageblatt und den Sozialliberalen zurückführten. Bahn konnte gut mit dem angespannten Verhältnis zur Mehrheitspartei im Rathaus leben. Er kümmerte sich nur am Rande um die Kommunalpolitik und hatte Walter ohnehin nicht gewählt. Die Ereignisse rund um die letzte Kommunalwahl, als sein Kollege Schramm ums Leben gekommen war, hatten ihm endgültig den Glauben an die Redlichkeit der Politik geraubt. Da war die Partei in seinen Augen letztendlich schnurzpiepegal.

Ohne Bahn nach einem Getränkewunsch zu fragen, legte der Bürgermeister los. „Nachdem Sie schon so lange warten mussten", sagte Walter mit einem entschuldigenden Lächeln zu den anderen Journalisten, „möchte ich schnell auf den Punkt kommen. Ich weiß, Sie haben noch einen anstrengenden und arbeitsreichen Nachmittag vor sich und ich möchte Sie daher nicht allzu lange aufhalten. Außerdem steckt auch mein Kalender noch voller Termine."

„Zur Sache, bitte!", mischte sich Bahn laut und ärgerlich ein und erntete dafür sogar ein stummes, zustimmendes Kopfnicken seiner Kollegen.

Walter schluckte kurz. „Es geht um folgendes", erklärte er mit seiner chronisch heiseren Stimme, „als Bürgermeister unserer schönen Stadt kann ich es nicht länger dulden, dass tagtäglich Kulturgüter zerstört oder geschädigt werden." Er griff kurz zu seinem Bierglas. „Da die Stadt Düren nicht in der Lage ist, eine Belohnung für die Überführung der Kulturfeinde auszusetzen, habe ich mich entschlossen, eine Belohnung von zehntausend Mark auszuloben."

„Privat oder aus Ihren Mitteln als Bürgermeister zur freien Verfügung?" Diesmal war es Krupp von der DZ, der Walter fragend ins Wort fiel.

Walter blickte ihn wütend an. „Was soll das?", fragte er herrisch zurück. „Das ist doch schließlich nebensächlich."

„Für Sie vielleicht, Herr Bürgermeister, aber nicht für mich", ergriff Bahn Partei für den Kollegen. „Wenn die Summe aus Ihren Verfügungsmitteln stammt, ist es ja letztendlich doch die angeblich so marode Stadtkasse und der Steuerzahler, der bezahlt."

Walter schwieg. Kühn schaute scheinbar gelangweilt zur Seite.

„Was ist denn? Deute ich Ihr Schweigen richtig, dass Sie die Belohnung aus den Verfügungsmitteln zahlen wollen?" Bahn bekam Spaß an dieser Situation.

„Selbstverständlich nicht", antwortete Walter schließlich.

Die Journalisten notierten eifrig mit.

„Sie können sich darauf verlassen, dass meine ausgelobte Belohnung mit keiner einzigen Mark den Bürger belastet." Walter gab sich alle

Mühe, gelassen zu wirken, doch misslang es ihm.

„Dann ist ja alles in Butter", ließ sich der Mitarbeiter des Dürener Lokal-Anzeigers zufrieden vernehmen. Das wöchentlich erscheinende Blatt zeichnete sich durch eine sehr fundierte Kommentierung der Dürener Kommunalpolitik aus und ließ keine Gelegenheit vergehen, um mit Kritik an die Öffentlichkeit zu treten. Es gab nicht wenige Zeitungsleser, die bedauerten, dass das Blättchen nicht mehr wie früher alltäglich vertrieben wurde. „Wie beurteilen Sie denn die Aussage von Breuer heute im Tageblatt?", fuhr der Journalist fragend fort.

„Das ist doch der größte Kulturbanause, der hier in Düren frei herumläuft", schnaubte Walter böse. „Es ist schon bezeichnend für den kulturellen Niedergang, dass dieser Mensch sich auch noch öffentlich äußern darf über Dinge, von denen er keine Ahnung hat." Walter bekam wieder Oberwasser. „Wer hat denn das Papiermuseum nach Düren geholt? Wer hat denn in Nord das Haus der Stadt mit all den kulturellen Veranstaltungen gebaut, wo nach der berühmten Kern-Explosion doch alles in Frage gestellt war?"

Bestimmend blickte Walter um sich. Auch wenn die Geschichte um den zunächst gescheiterten

Bebauungsplan des Geländes sich schon vor mehr als zehn Jahren ereignet hatte und der Fehler eigentlich inzwischen längst behoben worden war, so versäumte Walter es selten, diese damalige Pleite seiner politischen Kontrahenten immer wieder hervorzuheben. Wegen einer Befangenheit einer CDU-Ratsfrau, die im Stadtrat mitstimmte, obwohl sie ein Grundstück im Kernbereich dieses Gebietes besaß, war der von der ehemaligen CDU-Mehrheit erstellte erste Bebauungsplan für das neue Zentrum in Norddüren nachträglich von den Kontrollbehörden für rechtswidrig erklärt worden. Das hatte nicht nur zu einer zeitlichen Verzögerung geführt, sondern auch einige potentielle Investoren zweifeln oder abspringen lassen.

Es sollte bloß einer wagen, Walter in dieser Angelegenheit zu widersprechen.

Bahn musste unwillkürlich grinsen. Er würde Walters Attacke gegen den Sprecher der CDU-Opposition im Stadtrat in ausführlicher Form schildern, ganz zur Freude von Waldhausen und ganz im Sinne des politischen Gezänks. Das gab dann garantiert wieder die entsprechende Gegenreaktion, womit den Bürgern einmal mehr deutlich werden würde, dass es in der Politik weniger auf konstruktive Arbeit als vielmehr auf rechthaberisches Gehabe ankam.

101

Und die anderen Zeitungen mussten jetzt notgedrungen hinterherziehen, nachdem der Lokalanzeiger das Tageblatt ins Gespräch gebracht hatte.

Rasch beendete der Bürgermeister das Pressegespräch, von dem er sich wahrscheinlich einen anderen Verlauf erwartet hatte. „Sie waren natürlich meine Gäste, meine Herren." Demonstrativ zückte er die Geldbörse und rechnete mit dem Wirt ab.

„Der steckt mir garantiert heute noch die Abrechnung zu oder spätestens morgen und will die Auslagen als Spesen erstattet haben", meinte Kühn, als er mit Bahn zurück in die Innenstadt fuhr. „Dem habt ihr ja gewaltig eingeheizt. Das hat sogar mir Spaß gemacht."

„Sagst du mir Bescheid, wenn er mit der Rechnung auf dich zukommt?", bat Bahn.

Aber Kühn winkte ab. „Das kann ich beim besten Willen nicht machen. Dann komme ich in Teufels Küche. Das ist eine interne Angelegenheit."

Er ließ Bahn an der Wilhelmstraße aussteigen. „Was macht eigentlich Gisela? Wie geht es euch?", fragte er zum Abschied durch die offene Beifahrertür.

„Wie soll es uns schon gehen?", fragte Bahn unsicher zurück. „Wir kämpfen uns so durch", sagte er und schlug die Tür kräftig zu.

„Dann ist ja gut", bemerkte Kühn für sich, er winkte Bahn zu und fuhr den Dienstwagen in die Tiefgarage des Rathauses.

Nachdenklich lief Bahn über Kaiserplatz und Markt zur Redaktion. Dort wartete Waldhausen ungeduldig auf ihn. „Wird ja langsam Zeit", kommentierte er Bahns Erscheinen. „Weißt du eigentlich, dass du Sonntagsdienst hast?"

Jetzt erst verstand Bahn die Ungeduld seines Chefs. Er hatte noch keinen einzigen Termin am Wochenende besetzt, noch nicht einmal eine Terminübersicht gemacht und mit Waldhausen besprochen. Im Gegensatz zu seinem Vorgänger erwartete der Lokalchef, dass sich die diensthabenden Redakteure selbst um die Vorbereitung der Sonntagsarbeit kümmerten. „Dann weiß wenigstens jeder ganz genau, was auf ihn zukommt", hatte er den Kollegen zur Begründung gesagt.

Waldhausen hatte aber trotz seines Unmuts seinen Freund nicht hängen lassen, er hatte bereits von Fräulein Dagmar die Übersicht vorbereiten lassen. In Absprache mit Bahn wurden die freien Mitarbeiter eingeteilt, die von der Redaktionssekretärin in den nächsten Stunden benachrichtigt werden sollten.

Ein harmloses Wochenende kam auf ihn zu, stellte Bahn erleichtert fest, allerlei Veranstaltungen diverser Vereine, ein bisschen Kultur, ein weiterer Spatenstich durch den Bürgermeister für ein weiteres neues Gebäude in der Innenstadt. Auch hatte sich eine Bürgerinitiative angekündigt, die mit einer Aktion gegen den Verkauf und den Abriss des Citybades demonstrieren wollte. „Das kannst du ruhig klein fahren", empfahl Waldhausen seinem Kollegen, „das ist doch längst gelaufen."

Konzentriert machte sich Bahn schließlich an seine redaktionelle Arbeit. Seine Glosse zum kommunalpolitischen Durchblick fand ebenso die Zustimmung des Lokalchefs wie sein Bericht über Walters CDU-Schelte.

Auf dem Weg ins Fotolabor wurde es Bahn erneut schwindelig. Doch zu lange ohne Essen, vermutete er. Das Kreisen im Kopf ging jedoch schnell vorüber und Bahn hatte es sofort wieder verdrängt.

Auch mit den Fotoarbeiten war Waldhausen äußerst zufrieden. „Du hast dein Formtief schon überstanden", lobte er Bahn.

„Hast du heute kein Date mit Ingrid?" Fast schon schnippisch stellte Thea ihm die Frage. Sie hatte sich am späten Nachmittag leise in sein Zimmer geschlichen.

Bahn hatte sie nicht bemerkt. Überrascht blickte er von seinem Computer auf. Mist; ärgerte er sich, er hatte tatsächlich die Verabredung verpasst. Aber das würde er Thea garantiert nicht sagen. Wenn er jetzt aufbrechen und zum Piano hasten würde, machte er sich nur lächerlich, sagte er sich. Außerdem war nicht sicher, dass Ingrid dort noch auf ihn wartete. Dann würde er gänzlich als Trottel dastehen.

„Nein", antwortete er Thea kurz angebunden. „Du siehst es doch. Ich habe zu arbeiten und du störst mich nur dabei. Kümmere dich gefälligst um deinen eigenen Kram!"

Wortlos drehte sich die junge Frau um und eilte an ihren Schreibtisch. Wenige Minuten später meldete sie sich bei Bahn am Telefon. „Ein Gespräch für dich", sagte sie streng, „Küpper."

Der Kommissar entschuldigte sich dafür, dass es heute nicht mehr mit der Kopie des OP-Berichts klappen würde. „Ich bringe ihn dir morgen zu Hause vorbei. Oder sollen wir uns morgen gegen achtzehn Uhr kurz im Franziskaner treffen?"

Bahn willigte gerne ein.

„Dann habe ich vielleicht auch schon einen Bericht der Mediziner. Ich muss die gleich noch anrufen", fuhr Küpper fort. „Den bekommst du von mir als Bonbon dazu."

Durchaus zufrieden legte Bahn auf. Es hatte gewiss schon Vorteile, mit der Kripo auf gutem Fuße zu stehen, dachte er sich. Zwar hatte Bahn wie alle anderen Journalisten in Düren bisweilen ein getrübtes Verhältnis zu den Polizeibeamten, besonders, nachdem das jahrelang gepflegte Pressefrühstück am Sonntagmorgen ersatzlos gestrichen worden war. Oft ließ die Polizei in Düren die Journalistenschar hängen oder hielt sie am kurzen Zügel. Da war es gut, dass Bahn seinen eigenen, kurzen Dienstweg in die Polizeiinspektion hatte. Selbst Küpper verstand es oft nicht, wenn seine Kollegen beharrlich schwiegen und Informationen erst sehr spät herausrückten.

So konnte es durchaus passieren, dass ein bei einem Raubüberfall auf eine Bank von der automatischen Videokamera aufgenommenes Bild erst einen Monat nach der Tat an die Presse weitergegeben wurde. Waldhausen hatte sich geweigert, dieses Bild im Blatt zu veröffentlichen. „Der Gauner ist doch mittlerweile längst über alle Berge", hatte er entschieden, er sah in der späten Veröffentlichung keinen Sinn mehr.

Waldhausen brach an diesem Abend mit seiner Gepflogenheit. „Ich will noch mit Thea heute nach Bonn zu meiner Mutter", sagte er zu Bahn. „Du hast jetzt das alleinige Kommando. Den Rest der Arbeit musst du alleine erledigen."
Der Rest bestand darin, alle Computer auszuschalten und den Anrufbeantworter auf Betriebsbereitschaft zu stellen. Fast schon automatisch tippte Bahn anschließend seine Privatnummer ins Telefon. Er rief immer zu Hause an, um Gisela zu informieren, dass er auf dem Weg sei. Doch nahm niemand an der Kampstraße ab. Gisela war immer noch fort.
Bahn pustete durch, suchte im Telefonbuch nach Ingrids privater Telefonnummer und wählte die Zahlen.
Ingrid meldete sich schnell. Seine Entschuldigung, sie am Nachmittag versetzt zu haben, nahm sie lachend an. „Das ist halb so schlimm. Der Job geht doch vor."
Das sollte Gisela auch einmal sagen, dachte sich Bahn. Gisela hatte immer etwas auszusetzen gehabt, wenn etwas unplanmäßig dazwischengekommen war. Jedenfalls kam es ihm jetzt so vor. Da war Ingrid viel verständnisvoller.

„Du kannst mich ja heute Abend besuchen kommen", unterbrach die Frau seine Gedanken. „Ich habe noch eine warme Mahlzeit für dich, falls du hungrig bist."

Urplötzlich machte sich bei Bahn knurrend der Magen bemerkbar. Gerne nehme er das Angebot an, versicherte er, er mache sich sofort auf den Weg.

„Aber langsam", bat ihn Ingrid lachend, „du sollst heute einmal ohne Knöllchen bei mir ankommen."

Das Essen schmeckte Bahn ausgezeichnet. Ingrid war nicht nur hübsch und nett, sie war auch eine ausgezeichnete Köchin, was Bahn ihr begeistert sagte. Schneller, als es Bahn erwartet hatte, hatten sie zwei Flaschen Wein geleert. Er könne unmöglich noch mit seinem Auto fahren, befand Ingrid, die ihn wiederum einlud, bei ihr zu übernachten.

Diesmal nahm Bahn das Angebot an. Er war müde und fühlte sich durch den Alkohol beschwingt. Es würde nichts passieren in der Nacht, das er später bereuen würde, da war er sich ganz sicher.

Der Aufforderung von Ingrid, mit ihr in ihrem Bett zu schlafen, konnte er nicht widerstehen. „Keine Bange", flüsterte sie ihm lächelnd zu, während sie ihren Pferdeschwanz öffnete, „heute geht ohnehin nichts. Es ist Vollmond und dann habe ich Funkstille."

Sie krabbelte ins Bett und schlang ihre Arme um Bahn, der nur mit einem Slip bekleidet unter der Decke lag. „Nur einen Gute-Nacht-Kuss oder zwei."

Es wurden mehrere, bevor beide eng umschlungen einschliefen.

Es dauerte lange, ehe Ingrid und Bahn nach dem Aufwachen aufstanden. Sie empfanden die Nähe und Wärme unter der Decke als angenehm.

Erst gegen Mittag verließ Bahn die Wohnung. Er wollte noch in die Redaktion und sich anschließend zu Hause frisch machen, bevor er sich mit Küpper in der Stadt traf.

Den Abstecher in die Redaktion hätte sich Bahn getrost sparen können. Die Kripo hatte morgens per Fax lediglich mitgeteilt, dass es nicht zu melden gebe. Den Anrufbeantworter hatte niemand benutzt und auch der Blick in die beiden Konkurrenzzeitungen raubte Bahn nicht den Atem. Da steht ja noch weniger drin als bei uns, sagte er sich, nachdem er seine Berichterstattung über den Kunstfrevel im Birkesdorfer Rurpark mit der der Kollegen verglichen hatte.

Er freute sich insgeheim darüber, dass alle die Attacke von Walter gegen Becker aufgegriffen hatten; da sind wir Vorreiter gewesen, die anderen laufen hinterher.

Entspannt fuhr Bahn in die Boisdorfer Siedlung. Er wollte es ruhig angehen lassen, vielleicht noch etwas in seinem Fotolabor aufräumen oder am Schreibtisch sitzen. Seine Laune änderte sich schlagartig, als er die Haustür geöffnet hatte. Sein Blick fiel sofort auf ein Blatt, das auf dem Boden lag. „Helmut, wo warst du heute Nacht?", hatte Gisela geschrieben.

Bahn musste schlucken. Es drehte sich in seinem Kopf, er setzte sich mühsam auf die Treppenstufe und schloss die Augen.

Das Telefon rüttelte ihn wach. Ermattet machte sich Bahn auf die Suche und fand das Mobilteil im Schlafzimmer neben dem Bett, wo er es nicht abgelegt hatte.

„Hast du mich vergessen oder bist du krank?", hörte er Küpper fragen. „Wo bleibst du?"

Erstaunt blickte Bahn auf die Uhr auf dem Nachttisch. Es war schon kurz nach sechs. „Ich komme sofort", sagte er hastig. „Ich bin schon unterwegs."

Er schaltete das Gespräch ab und drückte neugierig die Wahlwiederholungstaste. Mit wem hatte Gisela bloß telefoniert? Erschrocken las er im Display die Nummer von Ingrid. Da konnte es am Abend nicht geklingelt haben, Ingrid hatte ihr Gerät abgeklemmt, um ungestört zu bleiben, wie Bahn sich erinnerte.

Eine Viertelstunde später saß Bahn neben Küpper am Tresen der Traditionsgaststätte. Durstig kippte der Journalist ein Kölsch in einem Zug und erntete sofort den Kommentar seines Freundes: „Wenn du so weitermachst, kann ich dich in zehn Minuten nach Hause fahren." Küpper langte in seine Jackentasche. „Hier, der OP-Bericht. Stecke ihn gut weg. Er ist nicht für den Dienstgebrauch bestimmt."

Bahn nickte und verstaute das zusammengefaltete Papier in seiner Lederjacke. „Und was ist mit der Untersuchung von Brigitte?"

„Hm", räusperte sich der Kommissar und nippte an seinem Bier. „Da gibt es ein kleines Problem. Sicher ist nur, dass die Lernschwester nicht schwanger war und auch nicht drogenabhängig."

„Also war sie topfit?", fragte Bahn, obwohl er sich dachte, dass das nicht stimmen konnte. Dann hätte sich Küpper anders ausgedrückt.

„In gewisser Weise war sie schon topfit", sagte der Kommissar nachdenklich. „Aber da ist noch eine Sache, die zu denken gibt."

„Was denn?", hakte Bahn interessiert nach.

„Man hat Spuren von Xanntonat in ihrem Blut gefunden."

„Wovon?"

„Von Xanntonat", wiederholte der Bernhardiner. „Das ist ein Medikament, das per Spritze verabreicht wird und den Patienten in einen hypnoseartigen Zustand versetzt", erklärte er dem verblüfften Journalisten.

„Aha." Bahn dachte nach, doch ließ ihn der Kommissar nicht zu Wort kommen. „Xanntonat ist in Deutschland nicht erhältlich, soll sogar in der Anwendung grundsätzlich verboten sein. Es wird nur bei klinischen Versuchen in geschlossenen Anstalten verwandt."

„Also auch auf dem Jeckeberg?"

„Ob es im Landeskrankenhaus verabreicht wird, das weiß ich nicht. Ich werde aber nachforschen", versprach Küpper. Er leerte das letzte der drei bei ihren Treffen üblichen Kölsch und verabschiedete sich. „Heute bezahlst du."

Auch Bahn hielt es nicht mehr lange im Franziskaner. Er hatte kein bekanntes Gesicht gesehen und keine Lust, mit wildfremden Menschen über die schwachen Leistungen der Kölner Geißböcke in der Fußballbundesliga zu diskutieren. Von einer Telefonzelle am Kaiserplatz rief er Ingrid an. Doch sie nahm nicht ab. Bahn überlegte kurz, ob er ohne Anmeldung bei ihr vorbeifahren sollte, aber er entschied sich dagegen und steuerte eine Pizzeria an. Er verspürte Appetit auf eine teuflisch scharfe Pizza mit viel Peperoni.

Bahn hatte es sich gerade an einem kleinen Tisch bequem gemacht und nach seiner Bestellung den OP-Bericht zur Hand genommen, als ihm jemand von hinten kräftig auf die Schulter klopfte.

„Mensch, Helmut, lebst du auch noch?", hörte er eine tiefe, klare Stimme. „Wie geht's, mein Alter?"

Als Bahn sich misstrauisch umdrehte, erkannte er seinen früheren Kumpel aus Jugendzeiten, Gustav Baron. Als Jugendliche hatten so sie einiges ausgeheckt; Baron gehörte wie Bahn und Kühn zu einer Clique, die viel Zeit miteinander verbracht hatte. Die Freundinnen, der Schulabschluss, die Studien an verschiedenen Universitäten, die unterschiedlichen Karriereverläufe oder Umzüge hatten die Clique zwangsläufig gesprengt. Erst langsam fand man sich wieder zusammen. Bahn war wohl der einzige gewesen, der nach dem Abitur am Stiftischen nicht studiert hatte, sondern über ein Volontariat sehr schnell in den Redakteursberuf gerutscht war.

Baron hatte, soviel wusste Bahn noch, in Bonn Jura studiert und nach diversen Behördenjobs vor ein paar Jahren den Posten des Verwaltungsdirektors am Sankt-Augustinus-Krankenhaus in Lendersdorf übernommen.

Bahn musterte den alten Kumpel, der wie immer Optimismus ausstrahlte; groß, breitschultrig, dichtes, volles, lockiges Haar und das ständige Lachen, Baron war immer ein Strahlemann gewesen.

„Du bist alt geworden, Gustav", erwiderte Bahn zum Gruße. „Der Lack ist wohl ab?"

Baron ließ sein markantes Lachen hören. „Als grauer Wolf fühle ich mich aber ganz wohl."

Erst jetzt fiel Bahn auf, dass Baron in Begleitung einer Frau war. Baron stellte sie als seine Gattin vor.

„Da bist du ja doch noch unter die Haube gekommen, dass hätte ich nicht für möglich gehalten", scherzte Bahn. Er wandte sich der hübschen Frau zu. „Passen Sie gut auf ihn auf, er ist ein Schwerenöter."

„Das war einmal, Helmut. Das ist mehr als zehn Jahre her." Baron lachte wieder. „Solange sind wir nämlich schon verheiratet. Drei Kinder, alles Jungs."

Ob er ihnen nicht Gesellschaft leisten wolle, fragte er Bahn, der die Aufforderung gerne annahm und sich mit den beiden an einen größeren Tisch setzte.

Die angeregte Unterhaltung führte fast zwangsläufig auch zum Selbstmord im Birkesdorfer Krankenhaus. „Schrecklich, aber nicht zu ändern", meinte Baron im Mitgefühl mit seinen Kollegen.

Bahn zückte den OP-Bericht und reichte ihn Baron. „Kannst du mir den vielleicht erklären? Ich kapiere nur die Hälfte bis gar nichts."

Konzentriert ließ Baron seinen Blick über die Kopie schweifen. „Woher du den Bericht hast, frag' ich dich besser nicht." Er musterte Bahn kurz. „Ist ja auch egal. Jeder Patient oder sein Erbe hat das Recht, den OP-Bericht zu kopieren und kann damit tun und lassen, was er will."

„Was sagt uns denn der Bericht?"

„Da sind zunächst die Formalitäten", erläuterte Baron, „wer, was, wann, wo, warum und so weiter, dann der Verlauf der Operation und das Ergebnis." Baron las sich durch die Fachausdrücke. „Ich bin zwar kein Mediziner, aber soviel scheint festzustehen nach dem Bericht: Tod bei der Operation. Die Frau war nicht zu retten. Voller Krebs. Die haben nichts falsch gemacht.

Dr. Rantel hat ja sogar noch die Staatsanwaltschaft informiert, die die Leiche freigegeben hat." Baron wollte das Blatt an Bahn zurückgeben. „Im Prinzip ist das ein ganz normaler Bericht über eine Operation mit einem für den Patienten unbefriedigenden Ausgang. Aber das kommt immer wieder vor."

„Darf ich einmal sehen?", mischte sich verlegen Barons Frau ein.

Mit Bahns Zustimmung reichte Baron ihr die Kopie. „Sie war früher Krankenschwester in Lendersdorf und arbeitet jetzt wieder als Teilzeitkraft bei uns in der Apotheke, beziehungsweise das, was übrig geblieben ist", erläuterte er. „Sie hat garantiert mehr Fachwissen als ich. Ich bin nur für das Geld verantwortlich, aber nicht für den Operationsverlauf." Und wieder ließ er sein markantes Lachen hören.

Bahn und Baron blickten die Frau an, die interessiert die Zeilen überflog. „Das ist aber komisch", sagte sie schließlich. „Hier!" Sie hielt Bahn das Blatt hin und zeigte auf eine Zeile. „Die haben Syntaxis als Narkosemittel angegeben."

„Ja und?", fragte Bahn sie ahnungslos. „Ist das etwa verboten?"

„Verboten ist das nicht unbedingt", antwortete an ihrer Stelle Baron. „Aber es steht nicht auf unserer Liste."

„Aha", sagte Bahn verblüfft. Jetzt verstand er überhaupt nichts mehr. Er beobachtete den Kellner, der endlich die dampfende Pizza servierte. „Gustav, was heißt das, es steht nicht auf unserer Liste?"

„Lasse es dir von meiner Frau erklären, die kann das besser als ich", schlug Baron vor.

„Seit etwas mehr als drei Jahren gibt es einen Zweckverband verschiedener Krankenhäuser in der Region, die eine gemeinsame Krankenhausapotheke gegründet haben", berichtete die Frau. „Im Rahmen der Kostendämpfung ist es für die Krankenhäuser verständlicherweise günstiger, wenn sie in großen Mengen zusammen Medikamente einkaufen, als wenn jedes Krankenhaus für sich herumwerkelt. Die Mengenrabatte sind schon enorm."

Sie sah Bahn an, der nickte. Soweit konnte er noch ohne weiteres folgen.

„Deshalb haben wir in Lendersdorf beispielsweise oder auch in Birkesdorf die Hausapotheken aufgelöst", fuhr Barons Frau fort, „und mit anderen Krankenhäusern, etwa dem Stolberger, dem Eschweiler oder dem Erkelenzer Krankenhaus eine einzige Krankenhausapotheke gegründet, die zentral in Eschweiler betrieben wird."

„Das spart außerdem Raum und Personal", meldete sich Baron mit einer kaufmännischen Begründung.

„Und es gibt halt den nicht zu unterschätzenden Mengenrabatt", ergänzte seine Frau.

„Selbstverständlich haben wir nicht alle Medikamente, die auf dem Markt erhältlich sind, auf Lager. Aber wir haben eine Liste, auf der alle die vielen Mittel aufgeführt sind, die die Krankenhäuser in aller Regel verwenden."

Langsam blickte Bahn durch. „Ihren Worten entnehme ich, dass dieses Syntaxis nicht auf dieser Liste steht, richtig?"

„Richtig", bestätigte die Frau. „Wir haben mehrere erprobte Narkosemittel zur Auswahl."

„Trotzdem wird in Birkesdorf Syntaxis benutzt? Ich denke, die sind an eure Gemeinschaftsapotheke angeschlossen?"

„Die werden ja auch mit anderen Narkosemitteln aus der Apotheke beliefert", antwortete Frau Baron und erntete dafür einen bösen Blick ihres Mannes.

„Das hättest du nicht sagen dürfen, das unterliegt der Schweigepflicht", tadelte er sie.

Bahn hörte darüber hinweg. „Ich bin also als Krankenhaus nicht verpflichtet, über die Gemeinschaftsapotheke einzukaufen?"

„Doch, eigentlich schon", sagte Baron.

„Aber mir kann niemand verbieten, zusätzlich andere Medikamente zu ordern, wenn es zum Wohle des Patienten ist; etwa Medikamente, die nicht auf eurer Liste stehen?", wollte Bahn wissen.

Das stimme auch, pflichtete ihm Baron bei. „Aber dann sind wir als Gemeinschaftsapotheke draußen vor. Über die Verrechnung muss sich das jeweilige Krankenhaus dann mit der jeweiligen Krankenkasse einig werden."

„Das gilt auch für die Narkosemittel?"

„Das wird wohl auch für die Narkosemittel gelten, denke ich mal." Aber sicher schien sich Baron nicht zu sein, wie seine gerunzelte Stirn erkennen ließ.

Bahn machte einen Gedankensprung „Was ist denn eigentlich mit dem Mittel Xanntonat?", wollte er zu Barons Erstaunen wissen.

„Was willst du mit diesem Teufelszeug", fragte er ungehalten zurück.

„Nichts", antwortete ihm Bahn. „Ich habe nur davon gehört. Kann ich das in eurer Apotheke kaufen?"

„Nein. Weder bei uns noch sonstwo in Deutschland ist es erhältlich."

„Außer in Landeskrankenhäusern?" Bahn musste unwillkürlich grinsen, als er sein Wissen preisgab und Baron in großer Verwirrung stürzte.

„Du bist ja gut informiert, Herr Redakteur. Aber das Zeug wird ausschließlich direkt vertrieben ohne den Zwischenschritt über eine Apotheke." Damit war für Baron das Gespräch über die Medizin beendet. Er betrachte mit Wohlwollen die appetitliche Fischspeise, die der Kellner vor ihm aufbaute, und fing genüsslich an zu schmatzen.

Nach seiner Rückkehr zur Kampstraße hatte Bahn vergeblich versucht, Ingrid telefonisch zu erreichen.

Auch sein Anruf am Sonntagmorgen aus der Redaktion ging ins Leere. Er fühlte sich unruhig. Lustlos bearbeitete er das Material der freien Mitarbeiter. Das war einer dieser Sonntagsdienste, nach denen sich Bahn fragen würde: Was soll das alles?

Was soll das alles? Diese Frage stellte ihm wenig später der CDU-Mann Breuer, allerdings in der ihm eigenen, unverwechselbaren Art.

„Wat soll dat alles?", polterte der Politiker am Telefon los. Er ließ Bahn überhaupt keine Zeit, etwas zu denken „Der Walter hat doch keine Ahnung. Ich will, dat du mich morgen reinwäschst, Helmut!"

„Wie denn, Herr Breuer?", fragte Bahn, der jetzt erst dahinterkam, was Breuer eigentlich bezweckte. Er blieb reserviert höflich. Er siezte Breuer, wenngleich der jedermann mit dem Vornamen ansprach und duzte. „Dafür müssen Sie schon selbst sorgen. Sie können mir ja ein Fax zuschicken", schlug er vor.

„Dat mache ich nich", schnaubte Breuer. „Schreib', dat ich schon viel mehr für die Kultur in Düren gemacht habe, als Walter je machen wird. Der Walter lässt doch dat alles verkommen, wat wir von der CDU in den ersten Jahrzehnten nach dem Krieg aufgebaut haben. Der Walter macht Düren doch zur kulturlosen und damit zur unmenschlichen Stadt. Schreib' dat!", forderte er Bahn auf. „Und wenn ich den Walter in die Finger kriege, dann mache ich Hackfleisch aus dem."

Bahn würde sich hüten, diese Drohung zu melden. Morgen hätte es Breuer garantiert nicht so gemeint, wie es im Tageblatt geschrieben stand. In der Beziehung waren die Politiker mit Vorsicht zu genießen, wie die Erfahrung gezeigt hatte. Bahn sicherte Breuer zu, er werde schon eine passende Formulierung finden. Morgen könne er seine Antwort auf Walters Vorwurf lesen.

„Dat will ich hoffen", brummte Breuer und legte, wie gewohnt, grußlos auf.

Der Artikel mit Breuers Stellungnahme war rasch verfasst. Es machte Bahn wütend, dass er wieder den Hampelmann für Breuer spielte, er ärgerte sich über Walter, über Gisela, über Ingrid, die nicht ans Telefon ging, über sich selbst und schließlich auch darüber, dass er trotz aller Artikel immer noch fast zwei Spalten auf der dritten Lokalseite offen hatte.

Spontan entschloss sich Bahn, einen Artikel über den Selbstmord der Lernschwester in Birkesdorf zu schreiben. Aus dem Fotoarchiv besorgte er sich ein Bild, das den Haupteingang des Krankenhauses zeigte. Er schrieb drauf los, wild und schnell, er skizzierte, kommentierte, attackierte und schickte schließlich seinen Artikel über die Standleitung per Computer nach Köln, wo er am Abend in der Zentralredaktion gesetzt, platziert und gedruckt wurde.

Pleiten

Am nächsten Morgen erschrak Bahn bei der Lektüre seines Berichts. Es war ihm gestern überhaupt nicht bewusst geworden, was er da fabriziert hatte. In seinem Artikel hatte Bahn dem Marien-Hospital mangelhafte Aufsicht vorgeworfen; es würde dort tatenlos zugesehen und nichts getan, um Selbstmörder von einem Sprung in die Tiefe abzuhalten. Zwei bis drei Patienten oder überlastete Mitarbeiter würden pro Jahr auf diese Art sterben, zitierte Bahn Rantel, dem er noch das Zitat in den Mund gelegt hatte: „Ich habe nicht das Geld, um die Fenster zu sichern. Das ist der einzig wirksame Schutz."

In seinem Kommentar hatte sich Bahn über die fehlenden Finanzmittel ausgelassen. Mit wenig Geld könnte man in Birkesdorf Leben retten, aber daran sei kein Verantwortlicher interessiert. Ohnehin stürben im Marien-Hospital die Patienten unter dubiosen Umständen.

Da war Ärger vorprogrammiert, das würde noch Theater geben, befürchtete Bahn, als er unruhig in die Redaktion fuhr.

Prompt herrschte ihn Waldhausen an, kaum hatte er die Bürotür geöffnet. „Was soll die Scheiße?", fragte der Lokalchef streng.

Es hatte keinen Zweck, langatmig Gründe zur Entschuldigung zu suchen. „Das ist mir gestern so rausgerutscht. Ich war nicht ganz bei der Sache." Bahn sah Waldhausen offen an. „Ich habe neben mir gestanden."

„Und ich habe die Leute neben mir stehen." Waldhausen erkannte schnell, dass es nichts fruchtete, Bahn abzukanzeln. Er mäßigte seinen Tonfall. „Wir müssen schauen, dass wir den Schaden begrenzen können. Stimmt wenigstens das Zitat von Rantel?"

Bahn musste zähneknirschend verneinen.

„Gibt's denn wenigstens Zeugen für ein Gespräch zwischen dir und Rantel?"

Bahn fühlte sich in die Enge getrieben. Er wollte nicht unbedingt preisgeben, dass er als vermeintlicher Assistent von Küpper mit Rantel gesprochen hatte. „Es gibt schon einen Zeugen. Aber der wird garantiert nicht zugeben, dass Rantel das so gesagt hat oder wenigstens so gemeint hat. Der wird höchstens bestätigen, dass ich Rantel völlig sinnentstellend zitiert habe."

Bahn wurde es schwindelig, Schweißperlen traten ihm auf die Stirn, er musste sich setzen.

Zu allem Überdruss meldete Fräulein Dagmar noch einen Anruf von Ingrid Fossen.

„Die kann bleiben, wo der Pfeffer wächst", rief Waldhausen bestimmend dazwischen, „wir haben eine Redaktionskonferenz und wollen nicht gestört werden."

Bahn hatte nicht die Kraft, zu widersprechen.

Waldhausen hockte sich auf Bahns Schreibtisch. „Lass uns in aller Ruhe überlegen, was wir am besten machen können." Er schlürfte nachdenklich an seiner Kaffeetasse. „Garantiert wird sich Rantel melden. Der könnte uns glatt eine Gegendarstellung reinwürgen."

Gegendarstellungen fürchteten Journalisten fast so sehr wie der Teufel das Weihwasser. Die Veröffentlichung einer Gegendarstellung kam dem Eingeständnis nahe, einen gravierenden Fehler gemacht zu haben. Dieser Fehler wurde durch die Gegendarstellung nicht nur an die Öffentlichkeit gezerrt, sondern zugleich auch noch vom Geschädigten korrigiert.

„Glaubst du das etwa?", fragte Bahn vorsichtig.

„Ich glaube es nicht, ich weiß es", antwortete Waldhausen ruhig.

Er schien hellseherische Fähigkeiten zu haben, denn im gleichen Augenblick meldete die Redaktionssekretärin einen Rechtsanwalt.

Der Jurist legitimierte sich als Vertreter von Rantel und überreichte ein Schriftstück, das allen Voraussetzungen einer Gegendarstellung entsprach. „Da kommen Sie nicht gegen an, meine Herren", meinte er förmlich. Dann reichte er Bahn die Hand. „Tut mir leid, mein Freund, aber da hast du wohl Bockmist gemacht."

Bahn nickte ergeben. Wenn sich schon sein eigener Haus- und Hofanwalt so äußerte, stand es wirklich schlimm.

Aufmerksam las sich Waldhausen die Gegendarstellung durch. Rantel hatte darin festgestellt, dass die Zahl der Selbstmörder nicht pro Jahr gemeint, sondern als absolute Zahl von ihm genannt worden war, und er machte deutlich, dass die fehlende Absicherung nicht eine Frage des Geldes sei.

„Wir drucken die ab und damit hat sich der Fall", sagte er dem Anwalt. „Was sollen wir noch lange lamentieren? Übermorgen redet kein Mensch mehr darüber."

Wohlweislich hatte Rantel, wahrscheinlich auf den klugen Rat des Rechtsanwaltes hin, nichts über das Ableben von Patienten geschrieben. Das hätte eventuell einen Ansatzpunkt gegeben, die komplette Gegendarstellung zu kippen, wenn sich Rantel auf Bahns Vermutung hin nicht richtig ausgedrückt hätte.

Doch übernahmen andere diesen Part.

Per Fax meldete sich die sozialpolitische Sprecherin der CDU-Fraktion zu Wort. Die Ratsfrau aus Birkesdorf beschwerte sich in ihrem Leserbrief bitterböse über die ungeheuerlichen Verunglimpfungen. „Im Birkesdorfer Krankenhaus sind die Patienten bestens aufgehoben", brach Hilde Kopf eine Lanze für das Marien-Hospital. Als Mitglied des städtischen Kontrollgremiums für das Krankenhauswesen könne sie versichern, dass in Birkesdorf alles bestens sei.

Nach weiteren Allgemeinplätzen forderte die Politikerin schließlich die Mehrheitspartei im Rathaus auf, endlich weiteres Geld für das Marien-Hospital zur Verfügung zu stellen. Es sei augenscheinlich die langfristige Absicht der Sozialliberalen, das Birkesdorfer Krankenhaus ausbluten zu lassen und alles Geld in die Städtischen Anstalten an der Roonstraße zu pumpen.

„Die schaffen auch immer wieder die Kurve, um den anderen Parteien einen mitzugeben", mokierte sich Waldhausen, der die Schere packte und mit einem entschlossenen Schnitt diese Passage vom Fax abtrennte. „Das kommt mir heute nicht ins Blatt."

Auch Bürgermeister Walter nahm die günstige Gelegenheit wahr, in einer Stellungnahme seine Verbundenheit zum Birkesdorfer Krankenhaus ausdrücklich zu betonen. Dem Marien-Hospital dürfe durch schlechten Journalismus nicht geschadet werden. Gerne würde er als Bürgermeister noch mehr für das Marien-Hospital tun. Aber das städtische Kontrollgremium mit der CDU-Ratsfrau Kopf an der Spitze würde mit einer ständigen Hinhaltetaktik alle Vorhaben für das Krankenhaus auf die lange Bank schieben.

„Wieder ein Fall für die Schere", meinte Waldhausen nach dem Lesen.

Außerdem gab es noch einige bitterböse Anrufe in der Redaktion und eine Abonnementskündigung wegen der peinlichen Geschichte von Bahn.

„Der hat doch nur einen Anlass gesucht", versuchte Waldhausen seinen Kollegen wegen der Kündigung zu trösten. „Das ist wie ein Selbstmörder. Wenn der erst einmal zur Tat entschlossen ist, kannst du ihn auch nicht mehr aufhalten."

„Mir ist das alles zu viel", stöhnte Bahn. „Ich fühle mich absolut mies."

Und warum?"

„Ich weiß es nicht."

„Doch, du weißt es wohl", widersprach ihm Waldhausen. „Meinst du etwa, ich bekomme deine privaten Probleme nicht mit?"

Bahn wollte aufbrausen, aber Waldhausen hielt ihn zurück. „Mir soll es ja egal sein, ob du mit Gisela oder mit jemand anderem Haus und Bett teilen willst. Aber mir kann es nicht egal sein, wenn ich mit einem Freund und Kollegen zusammenarbeiten will und muss, der selbst nicht mehr Herr seiner Sinne ist." Waldhausen packte Bahn mit beiden Händen an den Schultern und sah ihn an. „Bringe dein Privatleben in Ordnung. Ich helfe dir dabei, wenn du willst."

Bahn sprang wütend von seinem Sessel auf. „Mir braucht keiner zu helfen. Ich weiß selber, was ich zu tun habe."

„Das weißt du nicht, du Arschloch", fuhr ihn Waldhausen herrisch an. „Du stehst neben dir selbst und merkst es noch nicht einmal." Der Lokalchef ging über den Flur zurück in sein Zimmer. „Fahre bitte zum Bahnhof. Dort hat unser Kulturbanause wieder zugeschlagen."

„Und wie?"

„Das wirst du schon sehen, wenn du da bist", antwortete Waldhausen barsch. „Oder bist du jetzt auch noch blind? Mit dem Hören hast du

es ja nicht so." Offensichtlich regte sich Waldhausen jetzt mehr wegen Bahn auf als wegen
der Gegendarstellung.

Zu Fuß oder mit dem Auto? Das war auch jetzt
die immerwährende Frage, die sich Bahn bei
den Terminen in der Innenstadt einfach stellen
musste. Am Bahnhof würde er jetzt wohl noch
einen Parkplatz finden, vermutete Bahn, als er
auf die Pletzergasse trat.
Dennoch ärgerte er sich über seinen Entschluss, mit dem Wagen gefahren zu sein. Es
gab keine Ampel, die er ausgelassen hatte. Das
war vor wenigen Jahren noch anders, erinnerte
sich Bahn an die Zeit, als er noch durchgängig
die Josef-Schregel-Straße befahren konnte.
Kurz entschlossen parkte Bahn seinen alten
Porsche am zentralen Omnibusbahnhof am
Ludwig-Erhard-Platz an der ersten Haltestelle,
an der gerade ein leerer Bus abfuhr. Das sprach
dafür, dass in den nächsten Minuten kein weiterer Bus hier halten würde, redete er sich
fälschlicherweise ein. Auf der anderen Straßen-
seite entdeckte er vor dem modernen Ge-
schäftsblock den Pressesprecher der Stadt.
„Was ist denn hier überhaupt los?", fragte er
Kühn. Bahn hatte nichts bemerkt. Selbst die
Katze aus Beton war unberührt geblieben.

„Da." Kühn zeigte zur Straßenkreuzung am Ludwig-Erhard- Platz. „Da vorne stand doch unsere alte Persil-Uhr. Da hat jemand mit voller Absicht einen Totalschaden produziert", sagte er bitter. Jetzt sah auch Bahn, dass dort, vor der Einmündung zur Fritz-Erler-Straße, auf dem Gehweg nur noch der Stumpf der ehemaligen Standuhr aus dem Pflaster ragte. Die alte Standuhr mit der markanten Persil-Werbung war ein reizvoller Blickpunkt und ein Kontrast zur topmodernen Bebauung gewesen. Jetzt erinnerte nur noch der Rumpf an das Schmuckstück.

„Ist das etwa auch ein städtisches Kulturstück gewesen?", fragte Bahn skeptisch, während er mit Kühn zur Kreuzung ging.

„Das war Gebrauchskultur", antwortete Kühn übertrieben sachlich. „Aber du hast ja sowieso keine Ahnung."

„Wie hoch ist denn der Schaden?"

„Darüber kann ich dir noch nichts sagen, weil ich es nicht weiß. Das ist ein Fall für die Versicherung."

„Wo ist denn die Uhr überhaupt?"

„Die haben wir schon vom Bauhof wegbringen lassen", antwortete Kühn. „Vielleicht gibt es ja noch etwas zu retten."

„Was ist passiert?" Bahn kam zur Sache. „Wie hat denn der große Unbekannte die Uhr demoliert?"

„Wir können nur vermuten", sagte Kühn. „Wahrscheinlich hat jemand eine Stahltrosse um die Uhr gelegt und dann kräftig dran gezogen. Mit einem Laster wahrscheinlich."

„Dann muss der aber gut rangieren können", meinte Bahn, der zur Kamera gegriffen hatte und einige Bilder Schoss. Viel Platz war nicht zwischen den kleinen Bäumen entlang der Straße und dem Geschäftshaus. Da musste der Fahrer schon recht geschickt gewesen sein, um nicht anzuecken. „Habt ihr denn wenigstens ein Hinweis auf den Laster?"

„Du wirst es nicht glauben, Helmut, wir haben nichts. Wir haben heute Nacht gegen drei Uhr über den Anrufbeantworter nur die Mitteilung eines Anwohners bekommen, dass ein Lastwagen über die Eisenbahnstraße davongebrettert ist, nachdem es hier fürchterlich gescheppert hat."

„Merkwürdig", kommentierte Bahn.

„Merkwürdig", bestätigte ihm Kühn, „aber leider nicht zu ändern." Er grinste Bahn an. „Was macht eigentlich deine Trennung? Ich habe gehört, deine Perle wohnt nicht mehr bei dir."

„Das geht dich gar nichts an", blaffte ihn Bahn
an. „Meine Freundin hat sich eine Auszeit genommen, mehr nicht."
„Merkwürdig", sagte Kühn provozierend.
„Merkwürdig", echote Bahn gereizt, „aber leider nicht zu ändern."
Er war froh, als er endlich gehen und in seinem
Porsche sitzend den kurzen Schwindelanfall
überwinden konnte. In dem Wagen hatte er
wenigstens seine Ruhe, hier ging ihm niemand
mit Fragen auf den Nerv, hier bestimmte keiner, wie er sich zu verhalten hatte.

Küpper, Fossen, Jansen; diese drei Namen hatte
ihm Fräulein Dagmar auf einen Notizzettel geschrieben, den Bahn am Nachmittag nach seiner Rückkehr in die Redaktion auf seinem
Schreibtisch fand. „Dein Chef, der auch mein
Chef ist, musste gerade nach Köln. Die wollen in
der Chefredaktion die Sache mit dem Birkesdorfer Krankenhaus erklärt bekommen. Walter
hat sich dort beschwert", sagte ihm Thea.
Bahn schüttelte unwillig den Kopf. Das war mal
wieder typisch für das Tageblatt. Immer, wenn
sich jemand in der Zentralredaktion beschwerte, durfte die Lokalredaktion am Rhein
antanzen. „Dein Chef, der auch mein Chef ist,
sollte endlich einmal auf den Putz hauen und

denen in Köln den Marsch blasen. Die haben doch keine Ahnung", ereiferte er sich. „Das ist doch unverschämt, dass die da hinten Bücklinge vor Walter machen und wir Bücklinge vor denen. Der Fritz ist doch viel zu weich. Der soll denen endlich einmal Feuer unterm Hintern machen."

Thea blieb gelassen bei der Attacke von Bahn gegen Waldhausen. „Dein Freund, der auch mein Freund ist, hat mir gesagt, dass du so reagieren würdest", sagte sie ruhig. „Dein Freund, der auch mein Freund ist, hat mir aber auch gesagt, dass er in Köln deinen Kopf retten will. Die wollen dich nämlich nach der Intervention von Walter versetzen."

Für einen Moment blieb Bahn die Luft weg. Ein neuer Schwindelanfall packte ihn, für einen Augenblick war es dunkel vor seinen Augen.

„Wo ist Gisela?" Erschöpft sah Bahn die junge Sekretärin an.

„Ich weiß es nicht, Helmut. Sie wollte am Freitagabend zu dir, aber du warst nicht da."

„Woher weißt du das?"

„Sie hat mich am Samstag angerufen", antwortete Thea. „Sie wollte verreisen."

Küpper bestätigte Bahn nur die Ergebnisse der medizinischen Untersuchung der Selbstmörderin.

Bahn überlegte, ob er den Kommissar über sein Gespräch mit Baron informieren sollte, doch ließ er es sein. Das hatte ja nichts mit dem Selbstmord zu tun.

„Ich habe übrigens die Staatsanwaltschaft gebeten, die Leiche von Müller untersuchen zu lassen." Beiläufig kam der Bernhardiner darauf zu sprechen.

„Warum das denn?"

„Die Medizinstudenten waren richtig begeistert von der Studienmöglichkeit an Lernschwester Brigitte. Da bietet Müller denen doch auch einen idealen Tummelplatz."

„Das meinst du nicht ernst?" Bahn konnte dem Kommissar nicht glauben.

„Sieh es, wie du willst. Ich habe jedenfalls um eine Untersuchung von Müller gebeten."

„Über die Ergebnisse wirst du selbstverständlich deinen Assistenten unterrichten?"

„Selbstverständlich", bestätigte der Kommissar. „Mein Assistent sagt mir ja auch alles, was er weiß, oder?"

Bahn stockte kurz. „Du bekommst alle Informationen von mir, das weißt du doch."

Mit dieser Antwort gab sich Küpper zufrieden.

135

Bevor Bahn die Nummer von Ingrid anwählen konnte, hatte sich Thea dazwischen geschaltet. „Hier ist ein Baron für dich", sagte sie, ehe sie das Telefonat auf sein Gerät umlegte.

Baron machte es kurz. „Ich habe noch einmal nachgeschaut wegen der Narkosemittel. Die Birkesdorfer bekommen das gleiche bewährte Mittel wie wir auch. Die Menge ist zwar geringer, aber das ist auch kein Wunder, immerhin ist das Marien-Hospital kleiner als wir."

Zu dem Medikament Xanntonat hatte Baron keine weiteren Erkenntnisse. „Das ist und bleibt ein Teufelszeug, lass' bloß die Finger davon", warnte er.

„Übrigens", er wechselte das Thema, „meine Frau meint, sie hätte dich vor einiger Zeit einmal in Düren mit einer ehemaligen Schulfreundin von ihr gesehen. Gisela heißt die."

Bahn bestätigte die Beobachtung. „Mit Gisela bin ich schon seit tausend Jahren zusammen", sagte er mit einem dicken Kloß im Hals.

„Verheiratet? Kinder?"

„Nein", antwortete Bahn unruhig.

„Was nicht ist, kann ja noch werden", lachte Baron. „Du musst uns zu eurer Hochzeit einladen. Versprochen?"

Er werde sehen, was sich machen ließe, antwortete Bahn vage und war froh, dass er das Gespräch ziemlich schnell beenden konnte.

Thea drängelte Bahn zur Eile. „Mach endlich das Foto von der demolierten Persil-Uhr fertig!", forderte sie ihn auf. „Ich will es einscannen und nach Hause. Konrad wartet."
Bereitwillig machte sich Bahn ins Fotolabor auf. Als er nach einer halben Stunde zurück ins Büro kam, war es schon zu spät für den Anruf bei Ingrid. Und es war auch schon zu spät, um sie noch im Piano zu treffen. Die ist längst unterwegs, dachte sich Bahn und tröstete sich mit dem Gedanken, sie am Abend von zu Hause aus anzurufen.
Jansen fiel ihm ein. Der Informant wartete auch noch auf seinen Rückruf. Es war ungewöhnlich, dass Jansen sich in der Redaktion meldete. Da musste schon etwas Außergewöhnliches anstehen.
„Hallo, hier ist der liebe Helmut", flötete Bahn ins Telefon, nachdem Jansen abgehoben hatte. „Ich möchte gerne mit dem lieben Gottfried plaudern."
„Hier gibt's nichts zu plaudern, mein Bester", antwortete Jansen grob. „Ich bin nur eifersüchtig."

„Wie bitte?"

„Ich bin eifersüchtig auf deinen neuen Informanten. Das musst du doch verstehen."

Bahn verstand überhaupt nichts mehr. „Kannst du mir verraten, was du meinst?"

„Irgendjemand muss es dir doch gesteckt haben mit den zwei bis drei Selbstmördern pro Jahr in Birkesdorf." Das könne Bahn sich doch nicht aus den Fingern gesaugt haben. „Und dann besitzt du auch noch die Unverfrorenheit, dir diese Zahlen von Rantel bestätigen zu lassen", stellte Jansen in einer Mischung aus Bewunderung und Verärgerung fest.

Verschämt klärte ihn Bahn über seine Pleite auf. „Ich habe sogar eine Gegendarstellung am Hals."

„Das gibt's doch gar nicht", ereiferte sich Jansen. „Deine Zahlen stimmen doch genau. In dem Krankenhaus läuft doch einiges schief." Jansen konnte sich nicht beruhigen. „Die behaupten jetzt glatt, die zwei bis drei sind alle, die die bisher hatten? Das kann nicht sein." Er dachte nach. „Erinnerst du dich noch an meinen Anruf bei dir im letzten Jahr während der Annakirmes? Da habe ich dir doch etwas aus dem Birkesdorfer Krankenhaus stecken wollen. Du hast mich damals so unverschämt abgebürstet."

Nach kurzem Überlegen fiel es Bahn wieder ein. „Das war doch die Geschichte mit dem Oberpenner, der auf allen Vieren die Rur entlang bis nach Birkesdorf gekrabbelt ist."

„Quatsch!", widersprach Jansen zornig. „Das hast du vielleicht damals geglaubt. Aber ich habe etwas anderes gemeint, mein Bester."

„Und was."

„Das weiß ich heute auch nicht mehr so genau. Es hatte wohl etwas mit einem Toten zu tun. Weißt du überhaupt, wie viele Informationen ich tagtäglich bekomme und auch an die verschiedenen Medien weitergebe?"

Bahn wusste, dass Jansen nicht nur das Tageblatt informierte. Auch die Boulevardpresse und die elektronischen Medien waren gerne Abnehmer seiner aktuellen Nachrichten. Aber in Düren stand nur das Tageblatt auf Jansens Adressenliste.

„Aber dass ich dich am Telefon abgebürstet habe, dass hast du nicht vergessen?"

„Nein", brummelte Jansen, „da bin ich nachtragend."

Gemeinsam mit Thea verließ Bahn die Redaktion. Sein Angebot, sie nach Hause zu fahren, hatte sie gerne angenommen. Auf dem Weg nach Birkesdorf kam Bahn wieder auf Gisela zu

139

sprechen. Doch schwieg Thea beharrlich dazu. Sie wünschte Bahn alles Gute, als sie an der Zollhausstraße ausstieg.

Hoven oder Boisdorfer Siedlung?, fragte sich Bahn. Dann entschied er sich für sein Zuhause. Der Tag hatte ihn doch mehr geschlaucht, als er sich zunächst eingestehen wollte. Auch wenn ihm die ungewollte und ungewohnte Leere in seinem Haus zu schaffen machte, so fühlte er sich dort immer noch wohler als alleine in einer Kneipe. Meine Zeit als Discohengst ist wohl auch vorbei, dachte er sich. Langsam werde ich alt.

Als er die Haustür öffnete, fiel ein Umschlag aus dem Briefkastenschlitz. Der Brief hatte weder Anschrift noch Absender. Noch im Flur riss Bahn den Umschlag neugierig auf.

Das Schreiben war von Ingrid. Sie bat ihn, sie nicht mehr anzurufen oder zu treffen. Sie habe es sich anders überlegt. Als letzten Satz hatte sie geschrieben: „Still vergeht die Zeit, die meine Spur in dir verweht."

Wieder fuhren die Gedanken in Bahn Karussell. Der Schwindel war zu stark und nahm ihm die Kraft zum Denken. Bahn schleppte sich ins Schlafzimmer, warf sich auf das Bett und schlief sofort ein.

Meldepflicht

Und schon wieder verschlief Bahn. Schweißgebadet und erschöpft wachte er gegen zehn Uhr auf, weil das Telefon unaufhörlich klingelte. Waldhausen hatte unverdrossen Bahns Nummer gewählt und endlich den Freund auch an die Leitung bekommen.

„Was ist mit dir, du Murmeltier? Keine Lust oder was?", fragte er in einem ausgesprochen höflichen Tonfall.

Er fühle sich nicht besonders, antwortete Bahn.

„Was ist denn?"

„Eigentlich nichts. Ich wollte nur wissen, ob du überhaupt noch lebst."

„Da ich nicht tot bin, muss ich wohl oder übel noch leben", knurrte Bahn, „auch wenn ich mich fühle, als sei ich längst gestorben."

Waldhausen lachte auf. „Dann stehe bitte von den Toten auf, wenn du kannst, und fahre mal nach Gey. Da hat unser Kulturfreund wieder zugeschlagen."

„Wie?" Mit einem Mal war Bahn hellwach.

„Nicht auf Dürener Stadtgebiet?" Dann werde es sich wohl doch nicht um einen Spinner aus Düren handeln, vermutete er.

„Vielleicht nicht, vielleicht hat er aber auch keine Ahnung von Heimatkunde und meint, Gey gehöre noch zu Düren", sagte Bahn. „Jedenfalls bekommt Walter jetzt Probleme mit seiner Belohnung. Was ist, wenn es unterschiedliche Täter gibt und der von Gey nicht alle Attentate in Düren ausgeübt hat? Aber was soll's", meinte er lakonisch. „Irgendwann ist auch dieser Spuk vorüber."

Diesmal handelte es sich um einen Brunnen aus Beton mitten im Ort vor der Kreissparkasse. Mit einem Vorschlaghammer hatte ein Unbekannter das schmückende Stück malträtiert. Offenbar war er bei seinem Tun gestört worden, denn es war bei einer kleinen, wenn auch erkennbaren Schlagstelle geblieben.

„Das kriegen wir schon wieder hin", sagte einer der Männer, die Bahn beim Fotografieren prüfend beobachteten. „Mit etwas Gips und anschließend mit etwas Farbe, dann sieht man nichts mehr." Dennoch waren die Männer beunruhigt. „Warum treibt sich der Kerl nicht weiter in Düren herum?", stöhnten sie.

Es hatte sich wieder einmal bestätigt: Alles Schlechte kommt von Düren.

Das ist der richtige Einstiegssatz in die Geschichte, dachte Bahn schmunzelnd, als er sich auf den Weg in die Redaktion machte.

Auch Waldhausen war mit diesem Satz einverstanden. „Dann lassen wir doch mal die Vorstädter auf die Städter los." Er wechselte das Thema. „Bevor ich es wieder vergesse, Helmut. Du sollst Küpper anrufen."

„Und deinen adeligen Freund, den Baron", fügte Fräulein Dagmar hinzu.

Waldhausen hockte sich auf die Schreibtischkante von Bahns Schreibtisch, wie immer, wenn er an ihm Kritik zu üben hatte. „Weißt du überhaupt, was du noch tust? Dein Anteil an der redaktionellen Arbeit steuert dramatisch auf null zu." Der Lokalchef schüttelte den Kopf. „Ich kann die Kollegen verstehen, die meinen, sie sehen dich nur noch auf der Weihnachtsfeier."

Waldhausen übertrieb zwar maßlos, aber Bahn hatte ihn richtig verstanden. „Hier ist doch ohnehin nichts für mich zu tun", rechtfertigte er sich. Außerdem kümmere er sich ja um den Kulturschänder von Düren.

„Ach so, das hätte ich ja beinahe übersehen. Du läufst ja den ganzen Tag bei deiner Spurensuche durch die Stadt", spöttelte Waldhausen. „Ich dachte immer, ich hätte da die Fäden in der Hand."

„Wieso?"

„Ach, nur so", schwächte Waldhausen ab. „Aber mein Anteil an der Geschichte ist doch bestimmt nicht geringer als deiner. Immerhin schicke ich dich los und schreibe über den Knatsch der Politiker."

Das war Bahn zwar nicht bewusst geworden, lag aber wohl daran, dass er in letzter Zeit das eigene Blatt nur sehr oberflächlich gelesen hatte.

„Aber ich bin doch noch an einer heißen Geschichte dran", suchte Bahn nach einem Pluspunkt für sich. „Da muss ich halt viel recherchieren."

„Da bin ich aber gespannt", sagte Waldhausen interessiert. „Was ist denn das Heiße, das dich von uns trennt?" Beinahe hätte er noch „Heißt das Heiße etwa Ingrid?" hinzugefügt, doch er konnte sich noch im letzten Moment bremsen.

Es gehe um die Selbstmorde im Birkesdorfer Krankenhaus, erklärte Bahn. „Der Rantel hat uns schamlos belogen, als er uns die zwei bis drei Toten nannte. Das will ich klären."

„Lass' es", bat ihn Waldhausen. „Die Geschichte hat uns schon einmal Scherereien gebracht. Das reicht." Es sei vielleicht vielmehr angebracht, eine positive Geschichte über das Marien-Hospital zu schreiben. „Es gibt nicht wenige, die loben das Krankenhaus in den höchsten Tönen. Ich glaube schon, dass es eine gute Klinik ist, in der die Patienten medizinisch bestens versorgt sind. Das liegt wohl eher an einem einzelnen Arzt als am Krankenhaus, wenn einmal etwas schief gelaufen sein sollte." Der Ruf des Marien-Hospitals sei gut und müsse gut bleiben.

Waldhausen stand auf und wechselte abrupt das Thema. „Von meiner Fahrt nach Köln weißt du?"

Bahn nickte. „Und? Was ist dabei herausgekommen?"

„Wie immer nichts. Ich habe denen gesagt, dass Walter, wie immer, maßlos übertreibt."

„Was ist denn mit meiner Versetzung?"

Waldhausen tat ahnungslos. „Was soll damit sein? Nichts. Das war und ist für mich kein Thema und damit war und ist es auch kein Thema für die Chefredaktion. Der Zahn war schnell gezogen." Er lächelte grimmig. „Da kann unser Freund Walter toben, soviel, wie er will."

Der Lokalchef stand auf und legte Bahn die Hand auf die Schulter. „Der hat auch schon mehrmals meine Ablösung gefordert, anderenfalls würden er und seine Parteifreunde das Tageblatt boykottieren." Aber durch eine derartige Drohung dürfe sich eine Zeitung nicht einschüchtern lassen. „Das Tageblatt wird es noch geben, wenn Walter längst nicht mehr an der Macht ist." Waldhausen wollte gehen.

„Übrigens", meldete sich Bahn langsam zu Wort. „Eines wollte ich dir noch sagen. Das Thema Ingrid, das eigentlich für mich nie ein Thema war, ist kein Thema mehr. Wenn ich etwas mit ihr gehabt hätte, so ist das spätestens seit gestern vorbei, denn dann hätte sie mir den Laufpass gegeben. Da ich aber nichts mit ihr hatte, konnte sie mir gestern auch keinen Laufpass geben."

So richtig glaubte Bahn sich selbst nicht, aber vielleicht reichte es ja, um Waldhausen zu überzeugen. Und damit vielleicht Thea und damit vielleicht auch Gisela, hoffte Bahn insgeheim.

Waldhausen sah seinen Freund nur schweigend an und verließ das Zimmer.

„Gibt's denn hier etwas für mich zu tun?", rief ihm Bahn hinterher.

„Nein. Mache an deiner heißen Geschichte weiter. Aber offiziell weiß ich nichts davon."

Bahn grinste und schlürfte zufrieden an seiner Kaffeetasse. Endlich schmeckte einmal das Zeug, das Fräulein Dagmar aufgebrüht hatte. Er dachte an Ingrid.

Schade, dass es vorbei sein sollte, befand er, aber ich habe ja noch mein Eisen im Feuer. Jetzt musste er nur noch sein Verhältnis zu Gisela wieder ins Lot bringen. Und irgendwie musste das klappen.

Abgelehnt. Küpper war hörbar enttäuscht, als er Bahn über seine vergeblichen Bemühungen beim Staatsanwalt berichtete. „Die wollen die Kiste mit den Überresten von Müller nicht öffnen." Das müsse er akzeptieren, da könne er nichts machen.

„Mal ehrlich, was hätte uns denn eine medizinische Untersuchung gebracht?", fragte Bahn. „Was wolltest du damit bezwecken?"

„Ich überhaupt nichts. Ich wollte sie für meinen Assistenten durchführen lassen", antwortete der Kommissar. „Du stocherst doch in der Selbstmordgeschichte herum, nicht ich. Die Polizei ist da draußen vor."

„Sag' mal", unterbrach ihn Bahn, „habt ihr eigentlich eine Übersicht über die Todesfälle bei Operationen? Die würde mich schon interessieren."

Eine solche Liste gebe es tatsächlich bei der Staatsanwaltschaft und der Kripo, bestätigte der Bernhardiner. Schließlich müsse jeder nicht natürliche Tod gemeldet und von Amts wegen geprüft werden. „Aber das ist in aller Regel reine Routine. Höchst selten wird nach der entsprechenden Meldung auch ermittelt."

„Kann es denn vorkommen, dass beispielsweise ein Operateur vergisst, den Tod eines Patienten zu melden?"

„Vergessen ist gut", lachte Küpper. „Der Arzt ist verpflichtet, jeden Todesfall zu melden, anderenfalls macht er sich strafbar."

„Wenn er sich meldet, spricht das im Gegenzug aber dafür, dass er kein schlechtes Gewissen hat, oder?", folgerte Bahn daraus.

„So ist es", pflichtete ihm der Kommissar bei. „Außerdem sind bei einer Operation immer mehrere Personen beteiligt. Da kann ein Operateur normalerweise ein Versagen gar nicht verleugnen."

Die Liste würde ihn wirklich interessieren, betonte Bahn nochmals. Doch kam er mit seiner Bitte nicht weit.

„Helmut, die kann ich dir beim besten Willen nicht besorgen. Wenn die publik wird, lässt sich niemand mehr operieren."

„Habt ihr denn eine Art Hitparade? Mich würde schon interessieren, welcher Arzt die meisten Todesfälle zu melden hat", blieb der Journalist beharrlich.

„Die Zahl der Todesfälle sagt doch überhaupt nichts aus", erwiderte Küpper. „Bei Notoperationen nach Verkehrsunfällen sterben doch zwangsläufig viel mehr Menschen als bei einer Mandel- oder Knieoperation. Insofern stehen verständlicherweise die Unfallchirurgen und die Notfallärzte ganz oben auf der Liste. Die haben ja auch die meisten Fälle. Aber es ist doch immer noch besser, wenn ein Unfallopfer auf dem OP-Tisch stirbt als unversorgt auf einer Bahre. Das zeigt doch, dass man sich bis zur letzten Sekunde darum bemüht hat, das Leben zu retten. Insofern darfst du die Todeszahl nicht zu hoch bewerten, Helmut."

Die Argumentation leuchtete Bahn ein.

„Außerdem", fügte der Kommissar hinzu, „haben wir das beste medizinische Versorgungssystem und die beste Kontrolle der Mediziner auf der ganzen Welt."

Baron bestätigte anschließend diese Auffassung von Küpper. „Das ist tatsächlich so", wollte er den immer noch zweifelnden Journalisten überzeugen. „Wer bei uns auf dem OP-Tisch stirbt, der war auch nicht mehr zu retten."

„Bei euch gibt es also niemals Kunstfehler?"

Der Verwaltungsdirektor schwieg kurz. „Ist das privat oder beruflich, was du mich da fragst?"

149

„Rein privat", versicherte Bahn.

„Man sollte niemals nie sagen", zog sich Baron zunächst mit einer allgemeinen Floskel aus der Affäre. „Einen Kunstfehler hat es bei uns in Lendersdorf noch nicht gegeben. Jedenfalls ist bisher keiner bekannt geworden."

„Du willst es also nicht unbedingt ausschließen?", hakte Bahn nach.

„Ich will allgemein antworten, mein Freund", meinte Baron. „Es ist allerdings nicht auszuschließen, dass es ab und zu in äußerst seltenen Fällen einmal einen Kunstfehler bei einem Operateur gibt. Aber bisher ist mir in den drei Krankenhäusern in Düren keiner bekannt geworden."

„Wo kein Kläger, da kein Richter", folgerte Bahn.

„Wenn du es so sehen willst. Ich jedenfalls sehe es auf jeden Fall anders."

„Welches wäre denn der wahrscheinlich häufigste Kunstfehler?"

„Das müsstest du schon einen Mediziner fragen, da kann ich dir nicht helfen." Baron gab deutlich zu verstehen, dass er dieses Thema beenden wollte.

Aber Bahn ließ noch nicht locker. „ Sag mal, was dem Rantel da in Birkesdorf passiert ist. Ist das ein Kunstfehler gewesen?"

„Nein, auf keinen Fall", versicherte Baron schnell. „Das war eine Operation, die wohl unbedingt notwendig war und die einen nicht vorhersehbaren, tödlichen Verlauf genommen hat. Allenfalls war die Diagnose nicht genau. Aber das kann ich dir natürlich nicht sagen. Da müsstest du schon mit Rantel sprechen", empfahl er. Das sei geschehen, berichtete ihm Bahn.

„Dann hat Rantel schlichtweg Pech gehabt", schloss Baron nüchtern.

„Hat Rantel eigentlich häufiger Pech?" Bahn fragte nur, um das Gespräch nicht leerlaufen zu lassen.

„Auf gar keinen Fall", beeilte sich Baron zu versichern. Er schluckte. „Rantel ist als gewissenhafter Chirurg bekannt und über alle Zweifel erhaben." Ruhig, sachlich und auf angenehme Weise unauffällig, so habe er den Arzt kennengelernt, meinte Baron. „Rantel hat die letzten zwanzig Jahre seines Berufslebens ohne Kratzer überstanden und der wird auch die letzten zehn Jahre seines Berufslebens garantiert unbeschadet überstehen", sagte Baron überzeugt. Rantel sei der richtige Klinikarzt; ohne Ambitionen auf große, wissenschaftliche Meriten und zugleich nicht frustriert über seinen Angestelltenstatus. „Bei dem würde ich mich jederzeit ohne Bedenken unters Messer begeben", stellte Baron dem

Arzt der Nachbarklinik eine positive Beurteilung aus.

Schließlich kam Baron doch noch auf sein ursprüngliches Anliegen zu sprechen. „Kannst du mir die Telefonnummer deiner Freundin geben? Meine Frau will sich mit ihr verabreden. Du weißt schon, wie die Frauen sind, sie will alte Erinnerungen auffrischen."

Bei Bahn meldete sich wieder der unangenehme Schwindel. „Normalerweise wohnt sie bei mir", sagte er langsam. „Aber zurzeit hat sie sich abgeseilt."

„Ist sie im Urlaub?"

Bahn war erleichtert über diese Eselsbrücke. „So kannst du es sehen."

Mit der Bitte, Gisela möge sich doch einmal nach ihrer Rückkehr bei seiner Frau melden, legte Baron auf.

Waldhausen ließ Bahn keine Zeit, das Telefonat mit Baron und vornehmlich die letzte Passage des Gesprächs zu verdauen. „Du musst noch einmal raus zur Veldener Straße. Da hat unser Attentäter wieder zugeschlagen. Diesmal ist es irgendso ein Gebilde auf der Parkfläche vor dem Fußballplatz des Spielvereins. Auf dem Rückweg kannst du ja noch kurz in Birkesdorf vorbeifahren und Thea abholen. Sie wollte heute etwas früher kommen."

Bahn nickte stumm. Er packte sein Arbeitsgerät und machte sich auf den Weg nach Norddüren. Unterwegs fiel ihm ein, was er Baron noch hatte fragen wollen. Bahn hatte einen Verdacht, einen unglaublichen und unglaubwürdigen Verdacht, einen Verdacht, der ihn schon seit dem Selbstmord von Müller nicht losließ. Alles sprach gegen seinen Verdacht, von dem Bahn noch nicht einmal wusste, gegen wen er eigentlich gerichtet sein sollte. Es war nur ein Verdacht, mehr nicht, aber ein Verdacht, der ihm einfach nicht aus dem Kopf ging.

In Norddüren stieß Bahn zum wiederholten Male auf Kühn. „Man könnte meinen, dass du der Kulturschänder bist", lästerte Bahn, und Kühn wurde prompt rot, wie früher schon, wenn er als Jugendlicher gehänselt worden war.

„Ich habe leider immer nur das Vergnügen, auf dich warten zu müssen, weil du immer der letzte Journalist vor Ort bist", gab Kühn frostig zurück. „Die anderen sind längst schon wieder in ihren Redaktionen."

„Was soll ich da?", murmelte Bahn. Er sah sich den Tatort an. Dem Unbekannten fiel wohl auch nichts Neues mehr ein. Wieder hatte er mit der Schleifhexe gewütet. Er hatte die blaurote Metallskulptur, die Bahn bisher überhaupt noch nicht aufgefallen war, in mehrere Teile zerlegt.

„Ob das derselbe Typ ist, der heute schon in Gey getobt hat?", fragte Bahn den Pressesprecher, der ihn verblüfft anschaute.

„Wie?" Mehr konnte Kühn nicht sagen.

Bahn grinste ihn frech an. „Tja, das Tageblatt weiß halt viel mehr als du, mein Freund."

„Und ich weiß viel mehr als du, mein Freund", erwiderte Kühn pampig.

„Du weißt gar nichts und bist nur die Stimme deines Herrn", höhnte Bahn, der damit Kühns wunden Punkt getroffen hatte. Zu oft musste Kühn für Walter das schreiben, was Walter lesen wollte, auch wenn es nicht der Meinung von Kühn entsprach. „Wau, wau, sei still und Platz!" Bahn ließ seinen Ärger an Kühn ab, der sich aber die Opferrolle nicht gefallen ließ.

„Und ich weiß doch mehr als du, du kleiner, abhängiger Schreiberling, der immer nur nach der Pfeife seines Lokalchefs tanzen darf. Der Waldhausen ist viel zu bequem, um sich um so eine Bagatelle hier zu kümmern. Da schickt der seinen hörigen Jockel aus."

Bahn wollte sich um die Lästerei nicht weiter kümmern. Er notierte sich einige Stichworte und packte den Schreibblock ein.

Doch ließ Kühn keine Ruhe. „Und ich weiß auch privat eine ganze Menge über dich."

Bahn wurde hellhörig. „Was soll das?"

„Ich weiß beispielsweise, dass du in die Fossen verschossen bist und dich deine bisherige Freundin verlassen hat. Willst du noch mehr wissen?" Kühn lächelte Bahn spöttisch an. „Ich weiß alles."

Bahn musste sich an einer Sitzbank aufstützen. Der Schwindel ließ ihn wieder schwanken, das Blut pochte gewaltig gegen seine Schläfen. „Was weißt du?", fragte er stöhnend.

„Alles. Aber ich sage es dir nicht. Vielleicht kann ich mein Wissen später einmal gut gebrauchen. Vielleicht nützt es ja auch meinem Chef etwas, um dir und dem Tageblatt endlich einmal das Maul zu stopfen." Kühn starrte den Journalisten böswillig an. „Das gibt bestimmt einen spektakulären Skandal, wenn das Lotterleben eines Tageblatt-Redakteurs bekannt wird. Das kommt eurem seriösen Image bestimmt nicht zugute." Kühn wandte sich von Bahn ab und zeigte beim Davongehen auf die demolierte Skulptur. „Mach' was draus, mein Bester!"

Mit einem Schlag war Bahn wieder hellwach. Mach' was draus, mein Bester! Das war doch Jansens Standardsatz. Sollte etwa Jansen etwas über ihn wissen und über ihn ausgeplaudert haben? Bahn nahm sich vor, unverzüglich mit Waldhausen darüber zu sprechen. Der wird schon eine Lösung finden, sagte sich Bahn.

Mach' was draus, mein Bester! Bahn schüttelte sich bei dem Gedanken, dass Jansen eine Plaudertasche, ein Spitzel für Kühn und damit auch für Walter sein sollte. Noch weiter erinnerte sich Bahn zurück, während er den Porsche zur Zollhausstraße lenkte. Wie war das damals bei dem Gespräch mit dem Polit-Strategen Kurreck gewesen, als dieser ihm gesagt hatte, er wisse alles über alle? Hatte damals etwa Jansen die Sozialliberalen mit Informationen versorgt, hatte er über Schramm informiert und hatte er deshalb auch eine Mitverantwortung für den Tod von Konrad?

Das durfte einfach nicht sein. Aber er müsse mit Waldhausen reden, beschloss Bahn noch einmal.

Wenn Jansen über ihn oder über Schramm geplaudert haben sollte, dann waren dessen Tage als informeller Mitarbeiter beim Tageblatt gezählt. Dann würde er Jansen verpfeifen, soviel stand für Bahn fest. Und Waldhausen würde ihn dabei unterstützen.

Offensichtlich war Bahn zu früh in Birkesdorf. Jedenfalls öffnete Thea nicht, als er auf die Wohnungsklingel drückte. Erst danach fiel ihm der Zettel auf, der an der anderen Seite des Hauseingangs aufgeklebt war. Darauf hatte Thea für ihn die Notiz hinterlassen, er möge sie gegen vierzehn Uhr abholen, falls er es schaffe. Anderenfalls würde sie mit dem Bus fahren.

Bahn entschloss sich, die knappe Stunde auf Thea zu warten. Und ihm kam die Idee, wie er die Wartezeit am besten überbrücken konnte. Ohne Zögern steuerte er seinen Wagen in die Alte Jülicher Straße zur Praxis von Dr. Matz.

Der alte Kumpel von Küpper erkannte Bahn sofort wieder und hatte auch die Zeit, sich mit ihm zu unterhalten. Zwischen zwölf und zwei sei es immer ruhig, meinte er, da werde gekocht und gegessen, dann mussten die Zipperlein bis zur Sprechstunde am Nachmittag warten.

Schnell kam Bahn auf sein Anliegen zu sprechen. „Könnten Sie mir vielleicht Xanntonat besorgen?"

Der Hausarzt wusste zunächst mit dem Mittel nichts anzufangen. Er kannte es nicht und suchte Hilfe bei seinem Computer. Nach einem

157

Blick auf die aufleuchtenden Buchstaben und Ziffern schüttelte er bedauernd den Kopf. „Da komme ich nicht dran. Und selbst, wenn ich es könnte, so würde ich es Ihnen nicht geben. Das ist ja das reinste Teufelszeug."

Bahn gab sich ahnungslos. „Was ist das denn überhaupt?"

Matz seufzte. „Das dauert eine Ewigkeit, bis ich Ihnen das erklärt habe. Wissen Sie was? Ich drucke Ihnen die Informationen des Lieferanten aus. Dann können Sie sie selbst studieren", schlug er vor. Er hantierte mit der Maus und der Tastatur herum, und wenige Momente später begann der Drucker, leicht zu surren.

„Was ist mit Syntaxis? Können Sie mir auch darüber Informationen verschaffen?" Bahn nutzte die Hilfsbereitschaft des Arztes ohne Bedenken aus.

„Ist's für Küpper?", fragte Matz nur zurück, während er die Kommandos an den Rechner gab.

„Der bekommt die Informationen von mir", antwortete Bahn ausgesprochen ruhig.

Ohne einen Blick auf die Druckpapiere zu werfen, faltete Matz sie zusammen und überreichte sie Bahn, der sie gelassen in seine Lederjacke steckte.

Pünktlich stand Bahn vor Theas Wohnungstür, um sie abzuholen. Mit einem scheuen Lächeln kletterte sie in den Porsche. Schweigend fuhr Bahn in Richtung Innenstadt.

„Ich soll dir übrigens von Gisela sagen, dass sie weggefahren ist", beendete Thea die Stille. „Sie hat einen Mann kennengelernt, der sie zu sich nach Spanien eingeladen hat."

Vor Schreck trat Bahn auf die Bremse. „Was heißt das?", fuhr er Thea an.

Sie behielt die Ruhe. „Das heißt schlicht und einfach, dass du sie los bist."

Bahn wollte Thea nicht glauben. Er konnte ihr nicht glauben. Das durfte einfach nicht sein.

Das Kreisen in seinem Kopf begann wieder. Er musste sich voll auf den Verkehr konzentrieren, was ihm sehr schwerfiel. Am liebsten wäre er an den Straßenrand gefahren, hätte die Augen geschlossen und wäre eingeschlafen.

Als sie an der Pletzergasse ankamen, war der Anfall vorüber. Bahn ging gleich in Waldhausens Zimmer. Heute brauchte er die von Fräulein Dagmar bespöttelte „Plauderstunde bei Fritz" mehr denn je.

„Gisela ist weg", offenbarte er aufgeregt.

„Ich weiß", entgegnete Waldhausen ruhig. „Ich habe Thea gebeten, es dir zu sagen."

159

„Und was soll ich jetzt tun?" Unruhig lief Bahn in dem Zimmer hin und her.

„Da kannst du nichts tun, mein Freund. Da kannst du nur warten und hoffen, dass sie wieder zu dir zurückkommt, oder du musst dich auf die Suche nach einer neuen Frau machen." Waldhausen sah Bahn ruhig an. „Dabei kann ich dir nicht helfen. Die Entscheidung liegt vorrangig bei Gisela und vielleicht noch bei dir."

„Ich will keine andere Frau." Bahn starrte seinen Freund verunsichert an. „Das kann doch alles nicht wahr sein." Er musste sich abstützen, wieder hatte ihn der Schwindel gepackt. Er schloss die Augen und schüttelte sich. Irgendwann musste der Alptraum doch vorbei sein.

„Du musst jetzt die Ruhe bewahren, Helmut", schlug ihm der Lokalchef überflüssigerweise vor. „Mache deinen Job, das lenkt ab. Der Rest ergibt sich dann von alleine."

Gehorsam machte sich Bahn an die Arbeit. Er ließ sich Zeit mit den Bildern, ganz ohne Hektik stellte er die Papierabzüge her. Für seinen Text brauchte er ebenfalls geraume Zeit. Er konnte und er wollte nicht schneller arbeiten.

Waldhausen ließ ihn kommentarlos gewähren. „Lieber langsam und konzentriert als gar nicht oder fahrig", meinte er zu Thea.

Bahn war froh, als am frühen Abend die Kollegen die Redaktion verließen. Er wolle noch aufräumen, sagte er zu seinem Chef, als dieser gehen wollte. Außerdem kenne ihn Zuhause ohnehin niemand.

Bahn genoss die Stille in der Redaktion. Er machte es sich in seinem Schreibtischsessel bequem und bediente sich aus der vollen Kaffeekanne. Das Zeug, das Thea aufgebrüht hatte, war zwar verdammt stark geworden, aber Bahn war das einerlei. Hauptsache, er hatte etwas zu trinken.

Bahn wusste nicht, wo die Zeit geblieben war. Im Nu waren zwei Stunden vergangen, draußen war es schon dämmrig. Selbst die Sommerzeit konnte nicht verhindern, dass die Abende früher kamen.

Endlich hatte sich Bahn durchgerungen. Entschlossen griff er zum Telefon und rief bei Waldhausen an. Er wollte ihn über seinen Verdacht gegenüber Jansen aufklären.

Aber sein Freund war nicht daheim. Auch der Anruf bei Thea blieb erfolglos.

Bahn wählte die Nummer seines Informanten, der sich mit dem üblichen „Ja, bitte, wer ist da?" meldete.

„Was weißt du über mich und mein Familienleben?" Bahn ging gar nicht auf Jansen Frage ein und meldete sich selbst nicht.

Doch auch so wusste Jansen sofort, wen er an der Strippe hatte. „Helmut, du Schlingel", versuchte es Jansen auf seine säuselnde Tour, „was soll ich schon wissen? Ich weiß gar nichts."

„Und woher weiß Kühn so viel?" Bahn hatte keine Lust, lange um den heißen Brei herumzureden oder diplomatisch vorzugehen.

„Da musst du eigentlich Kühn fragen, nicht mich." Jansen war wie Bahn sachlich und kühl geworden.

„Und uneigentlich?"

„Uneigentlich kann ich dir etwas sagen. Die Plaudertasche aus dem Rathaus hat mir einiges über dich erzählt. Aber ich werde mich hüten, das an andere Personen weiterzugeben." Jansen lachte gequält. „Dabei weiß aber schon ganz Düren, dass der prominenteste Journalist der Stadt Schluss gemacht hat mit seiner Dauerfreundin und jetzt ein scharfes Verhältnis zur flottesten Biene der Stadt pflegt."

„Was redest du da für einen Scheißdreck?" Bahn glaubte, sich verhört zu haben.

„Tja, Helmut, tut mir leid, aber das ist das, was die Leute so sagen und mir erzählen", sagte Jansen lakonisch. „Ob ich's glaube oder nicht, ist

162

doch zweitrangig. Fakt ist, dass über dieses Verhältnis herumgetratscht wird."

„Von Kühn?"

„Von Kühn", bestätigte Jansen. „Kühn will immer wieder Informationen von mir und sprudelt dann selbst los. Von mir hat der über dich noch nie etwas erfahren. Das musst du mir glauben, das verspreche ich dir bei allen meinen erhaltenen und zukünftigen Honoraren."

Bahn glaubte ihm. „Wer steckt denn hinter Kühn?"

Jansen musste laut prusten. „Du weißt aber auch gar nichts. Du kennst ja noch nicht einmal deine eigenen Familienverhältnisse."

Bahn grunzte unwillig. „Mach' schon!"

„Deine angebliche Flamme Ingrid Fossen arbeitet mit Kühns Frau zusammen in einem Büro. Da kriegt die eine zwangsläufig mit, was die andere am Telefon und sonst erzählt. Kühns Frau ist um tausend Ecken mit deiner Ex-Flamme verwandt. Kapiert?"

Bahn antwortete nicht. Er legte den Hörer auf. So war das also gelaufen! Da hatte die eine Frau mit der anderen getratscht, und das größte aller Tratschweiber war dann Kühn gewesen.

Ziellos und aufgewühlt lief Bahn durch die Innenstadt. Weder beim Stollenwerk noch im

163

Zeppelin oder im Franziskaner wollte ihm das Bier schmecken. Schließlich landete er im NT, wo er sich in einen Ledersessel an der Theke sinken ließ und sich mit Kölsch betankte. Das Bier lief plötzlich gut und Bahn fühlte sich endlich befreit und bester Stimmung, als er zu seinem Wagen ging.

Die Straßen waren frei, da ließ es sich angenehm fahren. Bahn verspürte die Lust, endlich einmal wieder über die Autobahn zu preschen. Ab und zu, wenn es ihn überkam, genehmigte er sich auf den Autobahnen eine nächtliche Hochgeschwindigkeitsfahrt. Über die A 4 bis zum Kerpener Kreuz und von dort über die A 61 in Richtung Koblenz; irgendwann einmal drehen und dann wieder zurück; ganz ohne Sinn und Verstand, nur so, aus der puren Lust an der Geschwindigkeit.

Auf dem Autobahnzubringer zur Anschlussstelle Düren dämmerte es Bahn. „Du bist besoffen", sagte er sich, „mach', dass du ins Bett kommst!" Auch verspürte er wieder den Schwindel, der langsam in ihm aufstieg.

An der Birkesdorfer Kreuzung ordnete er sich auf der Linksabbiegerspur ein und bog auf den Weidenpesch ab, nachdem die Ampel auf Grün umgesprungen war. Sofort fuhr er wieder auf die Linksabbiegerspur, um mit einem Bogen von einhundertachtzig Grad wieder zur Kreuzung zurück zu gelangen.

Bahn übersah den Laster, der ihm auf dem Weidenpesch entgegenfuhr. Voll fuhr der Laster in die Seite des Sportwagens. Bahn spürte, wie sein Porsche mit einem ohrenbetäubenden, metallischen Kreischen mehr und mehr zusammengeschoben wurde.

Das Karussell in seinem Kopf fing an zu kreisen, erst langsam, dann immer schneller. Dann war es still um ihn herum, unheimlich still. Bahn sah Gisela vor sich, so schön, so begehrenswert wie noch nie zuvor; seine Liebe, sie lächelte ihn an, er wollte nach ihr greifen, doch sie schwebte davon, immer weiter entfernte sie sich von ihm, bis sie in der pechschwarzen Dunkelheit verschwunden war.

Es war nur noch dunkel um Bahn, still und dunkel.

Schlüsselgewalt

Die Ablichtung in der Dürener Zeitung machte das gesamte Ausmaß des Verkehrsunfalls deutlich. Bahns Porsche war platt wie eine Flunder.

Der schwere Lastwagen war mit der Fahrerkabine auf dem Wrack zum Stillstand gekommen. Da gab es nichts mehr zu retten, sollte man meinen, hatte Krupp in seinem Artikel geschrieben. Aber wie durch ein Wunder sei der Fahrer unverletzt geblieben, das hätte die Untersuchung im Birkesdorfer Krankenhaus ergeben.

Krupp hatte als einziger Journalist von dem Unfall erfahren. „Da bist du ausnahmsweise einmal als erster am Unfallort und schreibst doch keine einzige Zeile", lästerte er, als er Bahn im Marien-Hospital auf der Allgemeinen Station besuchte. Die Ärzte hatten Bahn nicht laufen lassen. Sie hatten seinen Unfall auf das Zusammenwirken eines allgemeinen Erschöpfungszustandes und eines ungewohnten Kaffee- und Alkoholkonsums zurückgeführt. Zwei Wochen Bettruhe unter ärztlicher Kontrolle hatten sie Bahn verordnet. Man wollte ihn gründlich durchchecken.

Bahn ließ die Mediziner gewähren. „Was soll ich auch zu Hause ohne Gisela?", fragte er sich. Er konnte sich sein Versagen immer noch nicht erklären. „Der andere ist ohne Licht gefahren", behauptete er stets. Aber so recht glauben wollte ihm das niemand.

„Ist ja auch egal", meinte Thea, die ihn fast jeden Tag besuchte, bevor sie in die Redaktion fuhr. Ihr hatte Bahn von seiner letzten, so traumhaft schönen Begegnung mit Gisela erzählt.

Und ihr hatten die Tränen in den Augen gestanden. Thea hatte ihn mit den notwendigen Utensilien versorgt, ihm Rasierapparat, Zahnputzzeug und Nachtwäsche aus der Kampstraße geholt und ihm auch einen Telefonanschluss ans Krankenbett verschafft. Als Privatpatient genoss Bahn das Privileg, ein Einzelzimmer zu besitzen. Und er sah es als zusätzliches Privileg an, auf ein Fernsehgerät zu verzichten.

„Da bist du dem Teufel noch einmal von der Schippe gesprungen", hatte Küpper zu ihm gesagt. „Und dabei hast du gleichzeitig noch ein Verbrechen aufgeklärt."

„Wieso?"

„Du bist mit dem Laster zusammengekracht, mit dem die Persil-Uhr umgeknickt wurde. Hat dir das noch niemand gesagt?"

„Nein, wer denn?" antwortete Bahn verblüfft.

„Der Laster gehört einem Typen, der nicht mehr alle Nadeln auf der Tanne hat. Der hasst Kultur und alles, was damit zusammenhängt. Der hatte kurz zuvor in Mariaweiler eine Statue demoliert, ehe er den Zusammenstoß mit dir hatte."

„Dann ist das der große Kultur-Schänder?"

„So sieht es jedenfalls aus", bestätigte der Kommissar. „Du hast ihn zur Strecke gebracht."

„Kann ich das für morgen schreiben?", fragte Bahn aufgeregt. Da brach schon wieder die journalistische Unruhe in ihm aus.

„Nein", schmunzelte Küpper, „du nicht, du bist doch arbeitsunfähig."

„Aber ich kann doch privat meinen Chef anrufen und ihn beiläufig am Rande des Privatgesprächs berichten. Der wird dann bei der Kripo nachfragen."

„Dagegen spricht selbstverständlich nichts."

Plötzlich musste Bahn laut lachen. „Dann muss ich ja auch die Belohnung von Walter bekommen. Oder?" Er malte sich schon Walters Grimasse aus, wenn der Bürgermeister ihm publikumsträchtig den Scheck über zehntausend Mark überreichen würde. „Der Walter springt im Dreieck."

Bahn kletterte aus seinem Krankenbett und ging bedächtig zum Kleiderschrank. Aus seiner Lederjacke kramte er die beiden Ausdrucke von Matz. „Kannst du etwas damit anfangen?"

Küpper pfiff kurz durch die Zähne, nachdem er die Blätter gelesen hatte. „Ich schaue, was ich da machen kann. Ich habe da eine Idee." Selbstverständlich werde er Bahn unverzüglich informieren, meinte er zum Abschied.

„Sag' mal, warum machst du das für mich?",
hielt ihn Bahn zurück.

Küpper drehte sich langsam um. „Weil du das
Verbrechen anziehst, Bahn." Er schaute den
Journalisten intensiv mit seinem Bernhardinerblick an. „Nein, weil du mein einziger Freund
bist, Helmut, und ich will dich nicht verlieren."

Das Gespräch war jetzt zwei Tage her. Bislang
hatte sich Küpper noch nicht zurückgemeldet.
Lediglich Walter hatte über Kühn mitteilen lassen, die Belohnung könne sich Bahn abschminken. „Die Konsequenzen müssen Walter und du
tragen", hatte Bahn am Telefon nur erwidert.
„Ich wollte die zehntausend Mark für ein neues
Kunstwerk in meiner Siedlung spenden. Aber
wenn ihr nicht wollt." Da ließe sich garantiert
eine tolle Geschichte daraus machen, frohlockte er. „Der Waldhausen ist schon ganz
scharf darauf."

Kommentarlos hatte Kühn daraufhin aufgelegt.
Der Typ war für Bahn gestorben. Mal schau'n,
ob wir den nicht absägen können, dachte er
sich. Er rief Waldhausen an und berichtete ihm
von Walters Rückzieher.

„Wir schreiben einfach; Kühn habe dir die Belohnung zugesagt", sagte der Lokalchef ent-

schlossen. „Dann soll Kühn anschließend dementieren. Ich kann doch nichts dafür, dass er dich falsch informiert hat oder du ihn falsch verstanden hast."

Die Kollegen von Zeitung und Nachrichten würden das Thema bestimmt aufgreifen, schließlich sei die Belohnung durch alle Gazetten gegangen. „Und der Lokal-Anzeiger wird sicherlich auch nicht mit einer Kommentierung sparen." Der Lokalchef malte sich vergnügt den absehbaren Streit zwischen dem Bürgermeister und dem Pressesprecher aus. „Das wird bestimmt lustig werden."

„Oder Walter zahlt doch notgedrungen die Belohnung, um sein Gesicht zu wahren", gab Bahn zu bedenken.

„Das ist noch besser", lachte Waldhausen, „dann wird er den Kühn zermalmen. Der Walter lässt sich bestimmt nicht ohne weiteres 10.000 Mark abknöpfen. Das geht dem Kühn garantiert an den Kragen."

Waldhausen machte eine kurze Pause. „Wie lange willst du noch im Krankenhaus bleiben?"

„Nicht mehr lange, ich soll Montag entlassen werden", antwortete Bahn. Das waren gerade noch fünf Tage. „Ich komme dann sofort in die Redaktion", versicherte er. „Ich bin topfit, sagen die Ärzte. Ich hätte mir nur zu viel zugemutet. Die warten nur noch die letzten Untersuchungsergebnisse ab. Am Montag habe ich ein Abschlussgespräch und dann geht's zurück in den Alltag."

„Was machst du bis dahin?"

„Faulenzen, dösen, lesen, schlafen, nachdenken; halt alles, was man so macht, wenn man nichts macht", antwortete Bahn gelassen.

Er sagte das, was Waldhausen hören wollte, er sagte ihm aber nicht, was er tatsächlich tat. Dazu war es nach Bahns Ansicht noch zu früh, dazu musste er zunächst einige Sachen klären und vor allem Gisela wiederfinden. Das war überhaupt das Wichtigste. Ihr Verlust schmerzte ihn weitaus mehr als der Verlust seines Jugendtraums, des Porsches.

Für das Wrack erhielt Bahn nichts mehr. Nach einem Telefonat mit dem Porsche-Händler nahm Bahn endgültig Abschied von seinem Wunsch, noch einmal ein solches Gefährt besitzen zu können. Trotz aller seiner Einnahmen und finanziellen Nebengeräusche war ein neuer Wagen für ihn unerschwinglich geworden und die mittelalten Modelle gefielen ihm nicht.

Es gab Wichtigeres, tröstete sich Bahn nach dem Gespräch, als er einen kleinen Spaziergang durch das Krankenhaus und die Umgebung machte. Wieder sah er den topmodernen Sportwagen auf dem Ärzteparkplatz und jetzt wurde ihm konkret klar, was ihm an diesem Porsche missfiel.

Überrascht war Bahn, als ihn eines Nachmittages Rantel besuchte. Der Chirurg hatte die Information über Bahns Einlieferung und Behandlung dem Computer entnommen und war aufmerksam geworden. „Ich wollte doch sehen, wer die Falschmeldung über mich im Tageblatt veröffentlicht hat", sagte er durchaus freundlich nach der Begrüßung, um dann zu stutzen. „Sie waren doch bei mir im Büro in Begleitung eines Kommissars? Sind Sie nicht bei der Polizei?"

Bahns Versicherung, er sei Journalist und gedenke, es auch zu bleiben, versetzte Rantel in eine Unruhe, die Bahn unerklärlich schien. „Sind Ihnen Journalisten weniger geheuer als Kriminalbeamte?"

Rantel lächelte unsicher: „Bei der Polizei weiß ich wenigstens, woran ich bin. Da gibt es feste Spielregeln, was ich sagen muss, was ich sagen kann und was ich sagen darf. Aber bei Journalisten, da kann man einfach nicht vorsichtig genug sein."

„Die drehen einem das Wort im Mund herum, nicht wahr?", fragte Bahn polemisch.

„Lassen Sie es gut sein", wiegelte Rantel ab. „Sie sind als Patient hier und sollen unser Krankenhaus als gesunder Mensch verlassen."

„Ist das Ihre Einstellung, Herr Doktor?"

„Ja, natürlich." Rantel war über diese Frage erstaunt. „Das muss doch immer unser Ziel sein." Er sah Bahn an. „Ich hasse den Tod."

„Aber wir verlieren doch letztendlich immer den Kampf dagegen."

„Das stimmt zwar", bestätigte Rantel, „aber es kommt darauf an, ob wir einen fairen Kampf haben. Der Tod soll uns ins Gesicht blicken, wenn er uns holt, und sich nicht hinterhältig in unserem Rücken an uns heranschleichen." Er sah Bahn ernst an. „Dafür kämpfe ich mit allen meinen bescheidenen Mitteln gegen alle Hemmschuhe der Gesundheitsreform und Bremsklötze unserer Kommunalpolitiker." Rantel lächelte verlegen. „Da muss ich durch und meine Kollegen auch."

Am Donnerstag kam endlich der Anruf von Küpper, auf den Bahn so sehnlichst gewartet hatte. Küpper bestätigte im Prinzip das, was sich Bahn gedacht hatte. „Wir hätten vielleicht doch häufiger obduzieren sollen", sagte der Kommissar nachdenklich. „Aber jetzt ist es viel zu spät."

„Für dich vielleicht, aber nicht für mich", fiel ihm Bahn ins Wort.

„Was meinst du damit, Helmut?"

„Das ist so ein kleiner Unterschied zwischen Kriminalbeamten und Journalisten, mein Freund. Ich darf Dinge, von denen du nur träumen kannst."

„Richtig", pflichtete ihm Küpper ironisch bei. „Die Journalisten, die drehen einem das Wort im Munde herum. Ich darf das nicht."

Das Gespräch jetzt zu beenden, sei wohl das Beste, erwiderte Bahn scherzhaft. „Wer weiß, zu welchen deprimierenden Feststellungen du noch kommst?"

„Kann ich denn sonst noch etwas für dich tun?", beeilte sich Küpper zu fragen.

„Ja, du musst Gisela für mich finden."

Der Bernhardiner hatte verstanden. Jetzt war es wirklich höchste Zeit, das Gespräch zu beenden. „Ich werde mein Bestes tun", versprach er, „passe bloß auf dich auf, mein Freund!"

Nicht ohne Grund sprach Küpper die Mahnung aus. Er befürchtete, dass sich Bahn in große Gefahr begab, und er wusste nicht, wie er ihm hätte helfen können.

174

Nach dem frühen Abendessen und vor dem obligatorischen Besuch von Thea oder Waldhausen am Abend machte Bahn seinen täglichen Spaziergang. Er trieb ihn, wie schon in den vergangenen Tagen, vor den OP-Trakt. Aber Bahn hatte dort ebensowenig das gefunden, wonach er suchte, wie im übrigen Teil des Marien-Hospitals. Die Frau, die er suchte, war einfach nicht mehr da. Bahn wollte aber auch nicht im Personalzimmer nachfragen.

Letztlich wurde er die erfolglose Warterei leid. Er kleidete sich an, verließ unbemerkt das Krankenhaus und ging schnell zur Einsteinstraße.

Er hatte Glück. Frau Schupp war gerade vom Einkauf zurückgekommen. Die Putzfrau bummelte Überstunden ab, wie sie Bahn erklärte. „Vierzehn Tage ohne Dienst bei voller Bezahlung, was will ich mehr?", sagte sie zu Bahn. Sie schien in keiner Weise überrascht, als er vor ihr stand. Gleichermaßen schien sie nicht überrascht, dass er bei seinen Nachforschungen nicht weitergekommen war.

„Aber Sie können mir vielleicht helfen, Frau Schupp." Bahn rechnete selbst nicht damit, dass sie seine Bitte erfüllen würde. Doch er hatte sich gewaltig getäuscht.

„Das ist ja wie ein Krimi", schnaufte sie, nachdem Bahn ihr sein Anliegen gesagt hatte, „da mache ich mit. Ich komme noch heute Abend ins Krankenhaus."

Zufrieden machte sich Bahn zurück auf den Weg in sein Krankenbett. Mit etwas Glück konnte er heute einer heißen Geschichte ein großes Stück näherkommen, freute er sich. Küpper hatte wohl recht, wenn er meinte, Bahn ziehe das Verbrechen an.

Es kam Bahn überhaupt nicht ungelegen, als Thea sich und Waldhausen am Telefon entschuldigte. Man müsse mal wieder nach Bonn. „Wenn Fritz Heimweh hat, kann ihn nichts aufhalten."

Die Putzfrau machte tatsächlich ihr Versprechen wahr. Ein wenig atemlos war sie in Bahns Zimmer getreten und übergab ihm den Schlüssel. „Sie müssen mir aber garantieren, ihn mir morgen zurückzugeben. Wenn jemand erfährt, dass Sie den Universalschlüssel haben, kann ich mir die Papiere nehmen."

„Warum gehen Sie denn das Risiko ein?", fragte Bahn neugierig.

„Sie werden es sehen, wenn Sie Erfolg haben. Sie werden es sehen und Sie werden es mir sagen." Frau Schupp rang sich ein gequältes Lächeln ab. „Ich habe nur eine Putzstelle zu verlieren. Die da oben aber ihren Kopf." Schnell war sie wieder aus dem Zimmer verschwunden.

Nachdenklich betrachtete Bahn den unscheinbaren Schlüssel, mit dem er Zugang zu allen Zimmern erhalten konnte. Zugleich wunderte er sich, wie sorglos das Krankenhaus mit den Schlüsseln umging. Wenn schon jede Putzfrau einen besitzen konnte, dann würde wohl auch jeder andere Beschäftigte leicht daran kommen.

Die Putzfrau hatte ihm nicht gesagt, woher sie den Schlüssel hatte. Das war Bahn auch egal. Hauptsache, er hatte ihn. Morgen würde niemand merken, dass er jemals diesen Schlüssel besessen hatte.

Erst nach Mitternacht wollte er seine Erkundungstour beginnen, hatte Bahn beschlossen. Er machte sich auf einem Notizblock einige Anmerkungen, stellte den Radiowecker ein und döste entspannt vor sich hin. Er war sich ziemlich sicher, das zu finden, was er suchte. „Und dann bist du dran", sagte er laut zu sich in die Stille seines Zimmers hinein, ohne zu wissen, wen er genau damit meinte.

Punkt Mitternacht sprang das Radio leise an. Ruhig zog sich Bahn den Bademantel über, während er den Nachrichten lauschte. Im Schlafzeug würde er auf den Fluren nicht so auffallen wie in Straßenkleidung, dachte er sich. Da könne er immer noch mit Schlaflosigkeit und Langeweile argumentieren, falls ihm eine Nachtwache oder sonst wer über den Weg laufen würde.

Der Flur in seiner Station war leer. Am Schwesternzimmer brauchte er nicht vorbei. Das Licht war auf den Dämmerzustand herunter gedreht worden. Bahn zog es vor, durchs Treppenhaus zu gehen. Der Aufzug hätte zu dieser ungewohnten Zeit vielleicht Aufmerksamkeit erregt. Unbemerkt gelangte Bahn durch das schlafende Krankenhaus in den Trakt mit den Büros der Ärzte. Heikel war noch der Moment gewesen, in dem Bahn den breiten Flur am Haupteingang passieren musste. Da hätte ein wachsamer Nachtwächter ihn vielleicht entdecken können. Aber der Mann hatte Besseres zu tun, als in das Haus hineinzublicken. Vielleicht war ihm gerade ein Unfall angekündigt worden und er bereitete das Öffnen des großen Tores für den Ambulanzwagen vor.

Der Universalschlüssel leistete Bahn große Hilfe. Geräuschlos ließen sich damit alle Zwischentüren öffnen und auch das Schloss zu Rantels Zimmer bereitete keinerlei Probleme. Zielstrebig steuerte Bahn den Aktenschrank an. Wegen des hellen Deckenlichts, das er eingeschaltet hatte, machte er sich keine Sorgen. Im Krankenhaus gab es des Nachts immer einige erleuchtete Räume. Da würde das volle Licht weitaus weniger Aufmerksamkeit erregen als eine flackernde Taschenlampe.

Rechts stehen die aktuellen Berichte, erinnerte sich Bahn. Schnell rechnete er den Operationstag von Frau Müller zurück und suchte nach der Akte. Bahn fand die Daten bestätigt, die auch auf dem Blatt zu finden waren, das Küpper bei der Lernschwester gefunden hatte.

Operation für Operation ging Bahn nach einem sich selbst vorgegebenen Schema durch. Schließlich hatte er alle Operationen der letzten fünf Jahre vor sich liegen und er sortierte aus.

Es gab tatsächlich eine Auffälligkeit, eine auf den ersten Blick leicht zu übersehende Auffälligkeit, die erst jetzt deutlich wurde im Rückblick der Jahre und im Zusammenhang der vielen Operationen. „Das ist es", sagte Bahn frohlockend. Er notierte sich Namen und Daten.

Und dann erkannte er, warum Frau Schupp ihn unterstützt hatte. Vor gut zweieinhalb Jahren war auch ihr Mann operiert worden und bei der Operation gestorben.

Der Tod bei oder nach einer Operation war sicherlich normalerweise ein Einzelfall, aber hier waren es zu viele Einzelfälle, um noch von einem Einzelfall zu sprechen. „Wer wusste davon außer den Medizinern?", fragte sich Bahn. Wer ahnte etwas?

Müller vielleicht? Etwa Lernschwester Brigitte? Sie waren tot. Und jetzt wusste Bahn alles.

Zufrieden und unruhig zugleich schob Bahn die Akten zurück in den Schrank. Seinen Notizblock steckte er in die Tasche seines Bademantels. Der Blick auf die Zimmeruhr machte ihn müde. Es war fast schon fünf Uhr am Morgen. Jetzt musste Bahn sich beeilen, um vor der Krankenschwester im Zimmer zu sein. Das übertrieben muntere „Guten Morgen" in Herrgottsfrühe würde er eventuell sonst verpassen.

Kaum lag Bahn im Bett, da wurde die Zimmertür auch schon kraftvoll aufgerissen und der Tag mit dem fröhlichen Gruß empfangen.

Bahn verschlief den Morgen. Das Frühstück hatte er nicht angetastet. Erst durch das Telefon wurde er gestört. Schlaftrunken grapschte er nach dem Hörer, war aber sofort hellwach, als ihn Frau Schupp klagend fragte: „Wo ist der Schlüssel?"

Tausendfach entschuldigte sich Bahn. Es sei halt etwas spät in der Nacht geworden. Aber dafür habe er auch für sie die Informationen, auf die sie wohl schon seit langer Zeit gewartet hätte. „Ich glaube nicht, dass es Zufall war, dass Ihr Mann bei der Operation gestorben ist. Er hätte nicht sterben müssen", sagte Bahn.

„Es war das verfluchte Syntaxis, nicht wahr?", verblüffte sie Bahn.

„Ja", antwortete er langsam. „Daran hat's wohl gelegen."

„Ich habe es immer vermutet, aber mir hat niemand glauben wollen", klagte die Putzfrau „Wie viele sind denn deswegen gestorben in den letzten drei Jahren?"

„Mindestens zehn", antwortete Bahn, der seinerseits fragte: „Wieso eigentlich die letzten drei Jahre?"

„Weil das Zeug erst seit dieser Zeit gebraucht wird." Das habe sie von einer Krankenschwester, die auch nicht mit dem Narkosemittel einverstanden war, erfahren, erklärte Frau Schupp.

Bahn versicherte der Putzfrau, er werde ihr den Schlüssel nach dem Mittagessen bringen. „Da fällt es nicht auf, wenn ich meinen Verdauungsspaziergang mache."

Lange dachte er über seine weitere Vorgehensweise nach, nachdem er das Telefonat beendet hatte. Offiziell Greifbares hatte er nicht an der Hand. Er hatte nur ein Wissen, mit dem er umgehen konnte.

Wieder griff Bahn zu seinem Notizblock und schrieb seine Feststellungen auf. Das glaubt mir keiner, sagte er sich und er erinnerte sich an seinen ehemaligen Kollegen Konrad Schramm. Der hatte immer für sich die Geschichten aufgeschrieben, die er aus allen möglichen Gründen nicht veröffentlichen konnte. „Vielleicht sollte ich es genauso machen?", dachte Bahn. Er nahm sich ein neues Blatt und fing seine Geschichte an. Während des Schreibens erschrak er über seine eigenen Gedanken und Schlussfolgerungen.

Wenn das so stimmte, wie er es gerade schrieb? Das war nicht möglich, das durfte nicht sein.

Wie versprochen, machte sich Bahn nach dem Mittagessen auf den Weg zu Frau Schupp. Die angebotene Tasse Kaffee schlug er dankend aus. „Sie haben mir sehr geholfen", sagte er, doch die Frau winkte ab.

„Ich habe Ihnen zu danken, Herr Bahn."

„Wobei?"

„Ich weiß jetzt, warum mein Mann sterben musste. Und ich werde dafür sorgen, dass der Schuldige zur Rechenschaft gezogen wird."

Die Rachsucht in ihren Augen ließ Bahn erschrecken. „Was wollen Sie denn tun? Die Polizei wird Ihnen nicht helfen können", sagte er bedächtig. „Sie haben doch nichts Handfestes." Er dachte daran, dass es ihm ähnlich ging. „Wir wissen etwas und kommen mit unserem Wissen nicht weiter, Frau Schupp."

„Sie nicht, ich aber wohl", erwiderte sie trotzig.

„Machen Sie sich bloß nicht schuldig", mahnte Bahn.

Doch die Putzfrau lachte nur: „Keine Bange, ich mache mir die Finger bestimmt nicht schmutzig. Das verspreche ich Ihnen in die Hand."

Dennoch war Bahn beunruhigt, als er ins Marien-Hospital zurückging. Ursprünglich hatte er daran gedacht, Küpper zu benachrichtigen. Aber er wollte von diesem Plan absehen, das hatte noch Zeit. Bahn freute sich schon auf den kommenden Montag. Das Wochenende würde er noch faulenzend im Krankenhaus verbringen, am Montag konnte dann die Tretmühle wieder beginnen. Und Bahn hatte auch wieder den unerklärlichen Optimismus, dass es mit Gisela wieder ins Reine kommen würde. Er wusste nicht, warum, aber er wusste es.

In seiner Straßenkleidung legte sich Bahn aufs Bett und schaltete das Radio an. Was sich da draußen in der großen, weiten Welt abspielte, das interessierte ihn überhaupt nicht mehr. Das war alles so weit weg und wurde so unbedeutend, wenn man fast schon tot war.

Bahn öffnete die Schublade seines Bettschränkchens, um nach seinem Schreibblock zu greifen. Aber sein Griff ging ins Leere. Der Block war verschwunden. Jemand musste ihn weggenommen haben, vermutete Bahn. Jemand musste ihn gestohlen haben. Er war sicher, den Block in die Lade gelegt zu haben. Während seiner Abwesenheit musste jemand in seinem Zimmer herumgeschnüffelt haben.

Hoffentlich fiel seine Geschichte nicht in falsche Hände. Das hätte fatale Folgen haben können, sorgte sich Bahn. Es war wohl doch besser, den Diebstahl zu melden und außerdem mit Küpper zu sprechen.

Da traf es sich gut, dass ihn der Bernhardiner wenig später besuchte. Fast eine Stunde lang unterhielt sich Bahn mit dem Kommissar, der Bahns Überlegungen zwar äußerst interessant und nachvollziehbar fand, aber nicht für ausreichend, um in offizieller Mission eingreifen zu können. „Wir müssen weiter am Ball bleiben; Helmut. Und vor allem müssen wir alle Informationen frühzeitig austauschen." Wegen des angeblichen Diebstahls lohne sich nicht einmal eine Anzeige. „Der Block wird sich garantiert wiederfinden. Wer weiß, wohin du den gelegt hast."

Der Bernhardiner machte eine kurze Pause. „Hast du heute eigentlich schon die Zeitung gelesen?", fragte er, während er sich schon auf den Abschied vorbereitete.

„Nein", bekannte Bahn. Es war ihm gar nicht aufgefallen, dass er noch keinen Blick ins Blättchen geworfen hatte. „Gibt's denn etwas Besonderes?"

„Eigentlich nichts", antwortete Küpper. „Es tut sich nicht viel im Dorf. Nur bei unserem Bürgermeister ist ein Posten frei geworden. Willst du nicht Pressesprecher der Stadtverwaltung werden?"

Erst ungläubig, dann lachend schaute Bahn seinen Freund an. Da hätte Kühn ja die passende Quittung bekommen, freute er sich und schilderte Küpper die Vorgeschichte.

Schmunzelnd verabschiedete sich der Kommissar und machte sich zurück auf den Weg in sein Büro.

Froh gelaunt schlüpfte Bahn einige Minuten später in seine Hausschuhe und schlenderte in die Eingangshalle, um sich am Kiosk in der Cafeteria des Krankenhauses ein Tageblatt zu kaufen.

Hektik empfing ihn. Aufgeregt liefen Krankenschwestern, Pfleger und Ärzte umher. Erschrecken und Entsetzen stand in ihren Gesichtern geschrieben.

„Was ist hier los?", fragte Bahn, ohne eine Antwort zu erwarten. Die Mitarbeiter des Krankenhauses nahmen keine Notiz von ihm. War etwa wieder jemand aus dem Fenster gesprungen?

Aber diese Befürchtung war unzutreffend, wie Bahn aufatmend feststellte. Er erblickte Frau Schupp, die scheinbar uninteressiert und zugleich mit einem ungewohnt zufriedenen Gesichtsausdruck ihren Putzwagen durch die Halle zu einem Aufzug schob.

„Wissen Sie, was hier passiert ist?", fragte Bahn sie.

Die Putzfrau nickte kurz. Im Putzraum habe man es ihr gesagt. „Rantel hat sich mit Zyankali vergiftet", sagte sie gelassen. „Der hat eine Kapsel geschluckt und ist jetzt da, wohin er meinen Mann gebracht hat."

Damit schien das Thema für sie abgehakt. Sie kramte suchend in dem Wagen. „Auf seinem Schreibtisch lag übrigens Ihr Block. Ich hab's an dem Namen gesehen", sagte sie.

Sprachlos nahm Bahn das Papier entgegen. Er klappte den Block auf und stellte fest, dass die Blätter herausgerissen waren, auf denen er seine Geschichte geschrieben hatte.

„Ich habe Rantel vor einer knappen Stunde besucht", fuhr die Putzfrau dann doch fort. „Rantel wollte Sie wohl am Nachmittag besuchen, als Sie bei mir waren und hat Ihren Block auf dem Schränkchen gesehen", berichtete die Frau offen. „Es stimme alles, was Sie geschrieben haben, hat er mir gesagt. Dann hat er mich gebeten, sein Büro zu verlassen." Sie sah Bahn an. „Mit dem Wissen, dass andere seine Fehlbarkeit erkannt haben, konnte er wohl nicht mehr leben. Da hat er Schluss gemacht", meinte die Putzfrau ohne Bedauern.

Bahn hatte sich wieder gefangen. „Aber er war doch nicht alleine bei der Operation. Daran waren doch auch noch andere beteiligt. Was ist denn mit denen?"

„Das ist mir egal", antwortete die Frau entschieden. „Ich wollte Rantel zur Strecke bringen, denn der hatte die Verantwortung für die Operation. Alles andere ist uninteressant für mich." Sie schob ihren Wagen in den Aufzug. „Vielen Dank nochmals, Herr Bahn. Sie haben mir sehr geholfen."

Bahn setzte sich auf eine Bank im Flur und folgte teilnahmslos dem nervösen und überflüssigen Treiben. Rantel war tot und würde tot bleiben. Was sollte da noch die übertriebene Hektik?

„Na, mein Freund!" Küpper riss Bahn aus dem entrückten Zustand. „Dir fliegen die Leichen ja nur so zu. Jetzt warst du sogar vor mir am Tatort. Ich hab's über Funk erfahren, als ich gerade am Büro angekommen war."

„Du hättest halt nicht fahren sollen." Bahn erwiderte den kräftigen Händedruck. „Selbstmord?"

„Allem Anschein nach", bestätigte der Kommissar.

„Willst du denn", Bahn korrigierte sich schnell, denn er sah den dicken Wenzel herbeieilen, „wollen Sie denn trotzdem eine Obduktion veranlassen?"

„Das wird nicht nötig sein", mischte sich Wenzel zornig ein, „das ist doch eindeutig und kostet nur Geld." Der Urlaub hatte Wenzel offensichtlich nicht geändert. Er war immer noch das alte Ekelpaket, befand Bahn.

„Schon 'mal was von Xanntonat gehört, Herr Wenzel?"

„Nein", blaffte der junge Kommissar zurück.

„Eben", schaltete sich der Bernhardiner in den unergiebigen Dialog ein. „Und gerade deshalb werden wir eine kriminalmedizinische Untersuchung beantragen."

„Ich verstehe nichts", sagte Wenzel verunsichert, während sich Bahn und Küpper angrinsten. Der Wenzel versteht ohnehin nichts, sagten sie sich ohne Worte.

Der Selbstmord von Rantel lähmte die Beschäftigten des Krankenhauses. Der Schock saß ihnen tief in den Gliedern. Glücklicherweise lag das Wochenende vor ihnen. Die beiden freien Tage würden ihnen die Gelegenheit geben, Abstand zu dem erschreckenden Ereignis zu finden. Für alle war der Selbstmord unerklärlich.

Ruhig, besonnen, sachlich, bescheiden, so beurteilten das Ärzteteam und das Pflegepersonal den Chirurgen. Ohne Tadel sei er gewesen, medizinisch versiert, ohne jegliche Macken. Das

Gerücht, Rantel habe wegen einer unheilbaren Krankheit sein Leben beendet, machte schnell die Runde und wurde bald als die einzig mögliche Erklärung für den Selbstmord angenommen.

Das Tageblatt war am Samstag die einzige Tageszeitung in Düren, die über Rantels Ableben berichtete. Bahn hatte noch kurz vor Redaktionsschluss die Meldung absetzen können. Selbst Radio Rur las die Nachricht am Samstagmorgen als Spitzenmeldung fast wortwörtlich ab.

Jetzt sind wir wieder die Ersten, frohlockte Bahn. „Wir haben den Kulturschänder entlarvt, haben Kühns Entlassung erreicht und haben Rantel erwischt", sagte er vergnügt zu Thea, die ihn kurz vor Mittag besuchte. „Da haben die Kollegen wenigstens eine vernünftige Meldung für ihre Montagsausgabe."

Thea hatte ihm schweigend zugehört. Bahn war schon fast wieder der Alte, immer eine Spur zu euphorisch, immer eine Spur zu schnell, immer ein wenig über dem Boden der Tatsachen. Aber sie freute sich, dass es ihm so gut ging. Und morgen würde es ihm noch besser gehen.

„Gisela will dich morgen Nachmittag besuchen kommen, wenn du willst."

Mit offenen Augen und offenem Mund starrte Bahn die junge Frau an. „Würdest du das bitte noch einmal sagen, ganz langsam und Wort für Wort zum Mitschreiben", bat er sie. Er konnte es nicht fassen, sein Herz pochte plötzlich schnell und laut. „Sie kommt morgen zu mir?", fragte er vorsichtig, als könne er durch zu viele Worte etwas zerstören.

Thea nickte bestätigend.

„Und sie will bei mir bleiben?"

Thea gab sich ahnungslos. „Ob sie bleiben will, kann ich dir nicht sagen. Darum musst du sie schon bitten." Sie würde sich hüten, Bahn zu sagen, dass Gisela ihre Sachen längst schon wieder zur Kampstraße gebracht hatte. Der kann ruhig noch ein bisschen zappeln, sagte sie sich.

„Gisela wird schon bleiben. Vielleicht habe ich ja noch eine große Überraschung für sie", sagte Bahn geheimnisvoll.

„Was denn?"

„Das werde ich dir nicht sagen, liebe Thea. Das ist einzig und allein meine Angelegenheit."

„Und die von Gisela?"

„Und die von Gisela", betätigte sich Bahn vergnügt als Echo.

Eigentlich hätte er zufrieden sein können, sagte sich Bahn am Abend, als er wach auf seinem

Bett lag. Aber ihn störte noch etwas. Mit Rantels Selbstmord war nicht alles geklärt. Da fehlte das letzte Puzzlesteinchen und da fehlte noch der Zusammenbau der vielen Steinchen. Er hatte die Steinchen zwar in der Hand, aber er hatte sie längst noch nicht zusammengefügt.

Bahns schaltete das Licht an und griff nach dem Schreibblock. Er machte sich etliche Notizen, schob Fakten hin und her und kam dann zu einem Ergebnis, das er schon in seiner verschwundenen Geschichte fixiert hatte, die Rantel zum Verhängnis geworden war.

Urplötzlich wurde Bahn müde. Er kroch unter die Decke, löschte das Licht und schlief sofort tief und fest ein.

Da stimmt was nicht, war sein letzter Gedanke, kurz bevor er in die Dunkelheit eintauchte.

Gute Freunde

Der kurze Schmerz, den der Einstich der Spritze verursachte, weckte Bahn auf. Bevor er sich orientieren konnte, war die Injektion schon erfolgt.

„So das hätten wir", hörte Bahn eine klare Stimme beruhigend sagen. „Sie werden sich jetzt sehr wohl fühlen, Herr Bahn. Das kann ich Ihnen versprechen."

Bahn sah in das grinsende Gesicht eines jungen Arztes, der routiniert die Spritze in eine Schale legte.

Sie waren alleine im Zimmer, was Bahn verunsicherte. „Warum war keine Krankenschwester mitgekommen?", fragte er sich. Nur langsam dämmerte es ihm, wurde ihm bewusst, wer der Mediziner vor seinem Bett war. Es war der Typ mit dem tollen Porsche, es war Rollefsen, der Anästhesist.

„Heute ist alles etwas durcheinander in der Klinik", sagte Rollefsen lächelnd. „Nach Rantels bedauerlichem Tod sind alle Pläne über den Haufen geworfen worden. Ich habe auf dieser Station für Rantel den Bereitschaftsdienst übernommen." Er sah Bahn an. „Fühlen Sie sich gut?"

Er könne nicht klagen, antwortete der Journalist. Ein Blick auf die Uhr sagte ihm, dass es schon nach Mittag war. Wo war nur das Frühstück geblieben? Was war bloß mit dem Mittagessen?

Rollefsen schien Gedanken lesen zu können. „Sie haben so tief geschlafen, dass ich die

193

Schwestern gebeten habe, Sie nicht zu wecken. Aber Sie werden schon nicht verhungern. Ich lade Sie gleich zu einer Fahrt ein. Dann können wir unterwegs an einem Restaurant Halt machen. Sie sind mein Gast."

Und wieder sah er Bahn an. „Fühlen Sie sich gut?"

Bahn bejahte. Er fühlte sich beschwingt, er genoss die vertrauensvolle Nähe des Arztes, der ihn so einfühlsam fragte. Aber warum war plötzlich alles so weich, so zart, so leicht, so unbeschwert um ihn herum? Bahn glaubte zu schweben, obwohl er doch unter seiner Decke lag.

Der Arzt hatte sich auf die Bettkante gesetzt und beobachtete ihn intensiv. „Fühlen Sie sich tatsächlich gut, Herr Bahn?", fragte er erneut.

Bestens. Bahn fühlte sich wie schon seit langem nicht mehr. Alles war einfach, alles war hell, alles war friedlich, alles war schön. Und er hatte einen Arzt an seiner Seite, zu dem er volles Vertrauen hatte. Er sagte es Rollefsen.

Dessen Grinsen wurde breiter. „Alle haben sie volles Vertrauen zu mir, Herr Bahn."

Alle? Wer waren alle? Bahn wusste die Antwort. Es war Müller gewesen, es war die Lernschwester gewesen. War es auch Rantel gewesen?

Bahn glaubte, gedacht zu haben. Doch er hatte gesprochen, was er dachte.

„Kollege Rantel nicht, Herr Bahn. Der ist von alleine gegangen."

Aber Müller.

„Dem musste ich helfen", bestätigte der Mediziner. „Der hatte unser Spiel durchschaut."

Welches Spiel?, fragte sich Bahn.

Rollefsen lachte und gab ihm bereitwillig Auskunft. „Sie wissen es doch schon, mein Freund", sagte der Arzt mit seiner beruhigenden Stimme. „Die gelegentlichen, tragischen Fehlschläge bei unseren Operationen mit Syntaxis. Sie erinnern sich, oder?"

Bahn nickte. Er hatte die OP-Akten doch richtig interpretiert. Allzu häufig waren Patienten unter den Händen von Rantel gestorben bei Operationen, bei denen Rollefsen die Anästhesie mittels Syntaxis vorgenommen hatte. Als Todesursache war dann eine unheilbare, lebensbeendende Erkrankung angegeben worden. Allerdings hatte Syntaxis nicht immer versagt.

„Das haben Sie gut erkannt, Herr Bahn", lobte Rollefsen. „Nur bei bestimmten Krankheitsbildern hatte das Medikament Ausreißer", gab er zu. Der Arzt, dem Bahn uneingeschränkt vertraute, sah es pragmatisch. „Wir haben hier in gewisser Weise Forschungsarbeit betrieben zum Wohle anderer Patienten."

Bahn gluckste vor Vergnügen. Das war ein guter Ausdruck: „Forschungsarbeit". Er fühlte sich wohl und stolz darüber, dass ihn der Arzt vertrauensvoll aufklärte.

„Seit drei Jahren teste ich ab und zu Syntaxis", fuhr Rollefsen unbekümmert fort. Der Typ da in dem Bett, den er mit Xanntonat vollgepumpt hatte, konnte ihm nicht gefährlich werden. Der war im Prinzip schon tot. „Da gab es richtig Geld für."

„Von der Firma, die das Zeug in Deutschland auf dem Markt etablieren will?", dachte Bahn.

„So ist es. Sie sind ein kluger Kopf."

Bahn freute sich über das Kompliment. Es war schön, solche guten Freunde zu haben.

„Nach dem ersten tödlichen Zwischenfall hat Rantel die Klappe gehalten. Der Feigling hatte so sehr Angst davor, seinen einwandfreien Ruf zu verlieren, dass er anschließend immer häufiger auf meine Anweisung hin mit Syntaxis gearbeitet hat. Die Provision hat er auch eingesteckt." Scherzhaft drohte er Bahn mit dem Finger. „Und Sie haben unseren guten Rantel durch Ihre kleine Geschichte vollkommen aus der Fassung gebracht."

Bahn fürchtete sich davor, der Arzt könne mit ihm schimpfen.

Aber er erntete Lob, das ihn erfreute. „Ihre Geschichte ist gut und sie ist wahr. Das ist eine wirklich tolle Geschichte. Ich wollte sie für mich behalten und habe sie deshalb aus dem Block gerissen. Ich darf sie doch behalten, oder?"

Selbstverständlich. Bahn nickt. Einem Freund würde er nie einen Gefallen ausschlagen.

„Rantel war schockiert, als er Ihre Geschichte gelesen hatte. Damit sei er ruiniert, hat er mir gesagt. Jetzt sei Schluss", berichtete Rollefsen, „und dann war ja auch wirklich Schluss gewesen für Rantel."

Syntaxis wird wie Xanntonat von einem Unternehmen vertrieben, dachte Bahn.

Wieder stimmte ihm Rollefsen zu. „Ich habe beide Mittel, um sie zu testen."

Und als Vergütung habe er den Porsche erhalten? Jetzt wusste Bahn endgültig, was ihn an diesem Traumauto störte. Die Blende, auf dem das Nummernschild geschraubt war, war mit dem Namen eines Autohauses aus Iserlohn beschriftet. Dort, wo auch die Arzneimittelfirma ihren Sitz hatte, die Syntaxis und Xanntonat vertrieb.

„Sie sind ja ein ganz pfiffiger Geselle", lobte Rollefsen und Bahn fühlte sich geschmeichelt. Mit dem Doktor konnte er sich gut unterhalten. Der sagte ehrlich, wie es war. Das gefiel Bahn. Küpper hatte ihm schon gesagt, dass der Porsche ursprünglich von dem Unternehmen in Iserlohn angemeldet und dann nach Düren auf Rollefsens Name umgemeldet worden war.

„Warum soll ich Ihnen auch etwas verschweigen, mein Freund?", fuhr Rollefsen fort. „Sie werden mich schon nicht verraten."

Nein, das werde er auf keinen Fall tun. Seine Freunde dürfe man nicht verraten. Ob ihm der Arzt denn auch verraten würde, warum Müller Selbstmord begangen hatte.

„Der Kerl hat uns genervt. Der wollte Rantel und mich verklagen, weil er glaubte, dass etwas schiefgelaufen sei bei der Operation seiner Frau."

Das war ja auch der Fall gewesen, erinnerte sich Bahn.

„Aber das kann doch kein Grund sein unter Freunden, uns anzuzeigen oder zu verklagen."

Bahn wusste nicht, warum er Rollefsen zustimmte. Aber Rollefsen war halt so gut zu ihm.

„Da musste ich ein ernsthaftes Gespräch mit Müller führen. Ich habe ihn ins Hospital gebeten und ihm eine Ladung Xanntonat verpasst, weil er viel zu aufgeregt war. Danach fühlte er sich stark und zufrieden. Ich wollte ihn dann nach Hause fahren", sagte der Arzt. „Am Bahnübergang zwischen Birkesdorf und Arnoldsweiler wollte er mir dann zeigen, wie stark er tatsächlich ist. Er wollte alleine einen Zug anhalten, der Tölpel."

Bahn kicherte. So ein Dummkopf, der musste doch wissen, dass so etwas nicht geht.

Aber was war mit dem Abschiedsbrief?

„Das war doch nur eine Fingerübung. Der Müller sollte mir zeigen, ob er schreiben kann", nannte der Arzt eine Erklärung, die Bahn gefiel.

„Und Lernschwester Brigitte wusste zu viel", offenbarte Rollefsen ungezwungen. „Die hat mir bei der Operation von Frau Müller assistiert und später die Zusammenhänge durchschaut. Die hat mich nicht nur bei Müller verraten wollen, das Luder hat sich auch die Unterlagen aus Rantels Zimmer besorgt und in ihrer Bude versteckt. Ich habe sie gottseidank gefunden und vernichtet, bevor sie in falsche Hände geraten konnten."

Bahn wollte seinem neuen, guten Freund sagen, dass er nicht alle Unterlagen beseitigen konnte, doch Rollefsen war schon fortgefahren. „So war sie, mein Bester. Sie wollte mich erpressen. Aber das kann ich doch nicht dulden, oder?"

Nein. Bahn musste dem Arzt recht geben. Er konnte sich doch nicht von einer kleinen, dummen Lernschwester erpressen lassen.

„Eine kleine Dosis Xanntonat, und sie glaubte, fliegen zu können." Rollefsen schaute Bahn konzentriert an. „Schade eigentlich. Sie war verdammt gut im Bett, wenn ich sie vorher geimpft hatte. Da fühlte die sich wie im siebten Liebeshimmel und schwebte von einem Orgasmus zum nächsten. Die war superscharf."

Bahn malte sich aus, wie das so wäre, es mit einer Frau zu treiben, die alles mit sich machen ließ und der alles gefiel. Das müsse unbeschreiblich sein.

„Sie sagen es, mein Freund", bestätigte Rollefsen. Er erhob sich und forderte Bahn auf, sich anzuziehen. „Ich wollte Sie doch noch zu einer Spritztour mit meinem Porsche einladen. Nur wir beide, und dann mit über zweihundert über die Autobahn. Das macht Spaß! Und anschließend finden wir ja vielleicht auch noch eine tolle Frau für uns."

Bereitwillig kam Bahn der Bitte nach. Er schlüpfte in seine Kleidung und folgte dem Arzt in großer Vorfreude zum Porsche. Er saß gut in dem bequemen Ledersitz und sah Rollefsen zu, wie er den Wagen startete und vom Parkplatz auf die Hospitalstraße lenkte.

Bahn dachte sich nichts dabei, als Rollefsen nicht in Richtung Autobahn fuhr, sondern aus Birkesdorf weg an der Isola vorbei nach Hoven und weiter nach Merken. Er würde schon den besten Weg finden, meinte Bahn zufrieden. In Merken fuhr Rollefsen nach links auf die Gertrudisstraße, die in Richtung Echtz führte. Auf der Brücke über die Autobahn im freien Feld hielt Rollefsen an und bat Bahn, auszusteigen, nachdem sie einen Polo hatten passieren lassen.

„Ich sehe gerne auf Autobahnen hinunter", sagte Rollefsen. „Sie auch?"

Bahn wollte nicht widersprechen. Wenn es seinem Freund gefiel, würde es ihm auch gefallen. Nebeneinander lehnten sie sich auf das stählerne Geländer und schauten auf die schnurgeraden Asphaltbänder unter ihnen. Wahnsinnig schnell und wahnsinnig laut kamen Bahn die wenigen Fahrzeuge vor, die an diesem frühen Sonntagnachmittag unterwegs waren, immer schneller, immer lauter wurden die Autos, je näher sie entgegenkamen, bevor sie dann unter der Brücke wieder verschwanden.

Rollefsen hatte Bahn kumpelhaft den Arm über die Schulter gelegt. „Wie fühlen Sie sich?"

Bahn fühlte sich gut, wohl, zufrieden und stark.

„Wollen Sie mir denn zeigen, wie gut, wie wohl, wie zufrieden und wie stark Sie sich fühlen?"

Gern wollte Bahn seinem Freund diese Bitte erfüllen.

„Sehen Sie den Lastwagen, der uns da hinten am Horizont entgegenkommt?" Mit der anderen ausgestreckten Hand hatte Rollefsen in Richtung Weisweiler gezeigt.

Ja. Bahn sah den Laster.

„Glauben Sie, dass Sie darauf springen können?"

Kein Problem für mich, sagte Bahn sich.

„Na, dann los!", forderte Rollefsen ihn auf und gab ihn einen leichten Klaps auf die Schulter.

Bahn hielt sich mit beiden Händen fest und schwang, den näherkommenden Wagen stets im Blick, mit einem Bein über das Geländer. Das war wirklich eine leichte Übung. Er erinnerte sich an früher, als er von Brücken auf die mit Strohballen gefüllten Anhänger gesprungen war, wenn die Bauern von den Feldern zu ihren Höfen fuhren. Das hatte immer großen Spaß gemacht. Man musste nur den richtigen Moment abpassen. Aber das war gar nicht so schwierig.

„Nein, Helmut! Nein!" Das laute, schrille Schreien störte ihn in seiner Konzentration. „Nein, Helmut! Nein!"

Es war Giselas Stimme, die Bahn vernahm, und es war Rollefsen Stimme, die ihm laut befahl: „Spring' auf den Laster! Spring, du Feigling!"

Wieder hörte Bahn das laute, jetzt flehentliche „Nein, Helmut! Nein!" und er blickte nach links auf die Straße, auf der Gisela ihm entgegengelaufen kam. Waldhausen und Thea folgten ihr.

„Mach' schon! Fang' den Wagen!", herrschte ihn Rollefsen an. „Verdammt noch 'mal."

Bahn war sich unschlüssig. Laster, dunkel, Gisela, schön; Worte schossen ihm durch den Kopf, Begriffe, Empfindungen.

Was sollte er tun?

Waldhausen nahm ihm die Entscheidung ab. Er hatte Bahn an den Schultern gepackt und ihn zurück auf die Straße über das Geländer zu Boden gerissen.

„Du willst mein Freund sein?", jammerte Bahn, „du hast mir weh getan." Er wollte sich Hilfe suchend an Rollefsen wenden, doch er sah nur noch den Porsche, mit dem Rollefsen rückwärts die Brücke herunter preschte, an einem Feldweg wendete und mit quietschenden Reifen davonfuhr.

„Der kommt nicht weit", meinte Waldhausen zu den Frauen, die sich um Bahn kümmerten.

Gisela hatte den Arm fest um seinen Hals geschlungen. „Was machst du Trottel nur für Sachen, wenn ich einmal für ein paar Tag nicht auf dich aufpasse?", fragte sie Bahn zärtlich. „Kannst du eigentlich ohne mich leben?"

Nein, das kann ich nicht, bekannte Bahn in seinen Gedanken. Er war froh, Gisela bei sich zu haben, und er würde sie nie mehr hergeben, sagte er sich.

Sie brachten Bahn in Waldhausens Polo zurück ins Marien-Hospital und verfrachteten ihn ins Bett. Bahn kuschelte sich sofort zusammen und schlief ein.

Er solle ausschlafen, morgen sei die Wirkung des Xanntonats vorbei, dann könne er nach Hause, meinte der Stationsarzt zu Giselas Beruhigung. Sie bot sich an, bei Bahn zu wachen.

Waldhausen hatte Küpper informiert, der unverzüglich eine Fahndung nach Rollefsen in die Wege leitete. Auch er kam noch zu Bahn ans Krankenbett und betrachtete seinen Freund, der wohlig schnarchte.

„Wie haben Sie denn überhaupt mitbekommen, dass Helmut und Rollefsen unterwegs waren?", fragte der Kommissar interessiert Waldhausen. „Zufall?"

„So kann man sagen", bestätigte Waldhausen. „Wir kamen gerade auf dem Parkplatz an, als ich sah, wie Helmut und Rollefsen in den Porsche stiegen. Wir sind ihnen gefolgt, haben sie auf der Autobahnbrücke überholt und haben uns dann am Fuße der Brücke auf die Lauer gelegt."

„Da hätten Sie aber keine Sekunde länger warten können, sonst wäre es zu spät gewesen."

Waldhausen nickte. „Das war verdammt knapp. Und ich weiß nicht, was ich gemacht hätte, wenn Bahn tatsächlich gesprungen wäre. Ich hätte Rollefsen umgebracht."

Küpper schwieg dazu. Er betrachtete den schnarchenden Bahn, die glückliche Gisela, setzte sich still in eine Ecke und las aufmerksam die Notizen auf Bahns Schreibblock.

Waldhausen fuhr mit Thea zur Zollhausstraße.

„Hast du das auch als Heiratsantrag verstanden, was Helmut zu Gisela gesagt hat?", fragte sie ihren Freund, der sie irritiert anschaute.

„Meinst du wirklich?", fragte er vorsichtig zurück. „Der ist doch nicht zurechnungsfähig."

Thea hörte darüber hinweg. „Sag' mal, wer hätte eigentlich die Lebensversicherung aus der Presseversorgung bekommen, wenn Helmut tatsächlich gesprungen wäre?"

„Begünstigter ist der mit dem zum Zeitpunkt des Ablebens mit der versicherten Person in gültiger Ehe lebende Ehegatte", zitierte Waldhausen aus den Vertragsbedingungen. „Und wenn es den nicht gibt, geht das nach einer anderen Regelung."

Für einige Momente schwieg Thea. „Dann würde das also demnächst Gisela sein?", sagte sie dann nachdenklich.

Waldhausen nickte stumm, und er ahnte schon, welche Frage Thea als nächste stellen würde, die ihm das Nackenhaar kraulte.

„Und wie ist es bei dir, mein Liebster?"

Kurt Lehmkuhl, 1952 in der Nähe von Aachen geboren, war nach seinem Jurastudium in Bonn jahrzehntelang Redakteur im Zeitungsverlag Aachen. Er ist als Journalist, Schriftsteller und Dozent für Kreatives Schreiben tätig. Neben zahlreichen Romanen hat er auch etliche Kurzgeschichten veröffentlicht und zeichnet als Herausgeber für fünf Anthologien und ein Hörbuch verantwortlich. Seine aktuellen Romane erscheinen im Gmeiner-Verlag.

Die Kriminalromane von Kurt Lehmkuhl im Gmeiner-Verlag:

Raffgier, 2008, 3. Auflage 2013, ISBN 978-3-89977-751-2.
Nürburghölle, 2009, 2. Auflage 2014, ISBN 978-3-89977-1017-8.
Dreiländermord, 2010, 5. Auflage 2019, ISBN 978-3-8392-1095-6.
Kardinalspoker, 2012, ISBN 978-3-8392-1223-5.
Printenprinz, 2013, 3. Auflage 2020, ISBN 978-3-8392-1432-9.
Fundsachen 2015, ISBN 978-3-8392-1677-4.
Kohlegier, 2016, 3. Auflage 2020, ISBN 978-3-8392-1825-9.
Weißgott, 2017, ISBN 978-3-8392-2139-6.
Marionettenspiel, 1. und 2. Auflage 2018, ISBN 978-3-8392-2231-7.
Öcher Bend-Blues, 2020, ISBN 978-3-8392-2586-8.

Ebenso erscheint im Gmeiner-Verlag:

Mörderisches Aachen, Krimineller Freizeitführer, 2017, ISBN 978-3-8392-2138-9.

Als E-Books bietet der Gmeiner-Verlag folgende Romane an:

Raffgier, ISBN 978-3-89977-751-2.
Nürburghölle, ISBN 978-3-89977-1017-8.
Dreiländermord, ISBN 978-3-8392-1095-6.
Kardinalspoker, ISBN 978-3-8392-1223-5.
Begraben in Garzweiler II, ISBN 978-3-7349-9222-3.
Printenprinz, ISBN 978-3-8392-1432-9.
Tore, Tote, Tivoli, ISBN 978-3-7349-9240-7.
Fundsachen, ISBN 978-3-8392-1677-4.
Mörderische Kaiser-Route, ISBN 978-3-7349-9376-3.*
Ein Sarg für Lennet Kann, ISBN 978-3-7349-9358-9.*
Blut klebt am Karlspreis, ISBN 978-3-7349-9346-6.*
Kohlegier, ISBN 978-3-8392-1825-9.
Tödliche Recherche, ISBN 978-3-7349-9394-7.
Tödliche Annakirmes, ISBN 978-3-7349-9396-1.
Spritzen für die Ewigkeit, ISBN 978-3-7349-9231-5.*
Vertrauen bis in den Tod, ISBN 978-3-7349-9233-9.
Die Aachen-Mallorca-Connection, ISBN 978-3-7349-9239-1.*

Aachener Grenzgänger, ISBN 978-3-7349-9430-2.*

Ein CHIO ohne Rasputin, ISBN 978-3-7349-9434-0.*

Mallorquinische Träume, ISBN 978-3-7349-9442-5.*

Tödliches Roulette, ISBN 978-3-7349-9440-1.*

Kofferjäger, ISBN 978-3-7349-9446-3.

Mörderisches Aachen, ISBN 978-3839221389.

Weißgott, ISBN 978-3839221396.

Marionettenspiel, ISBN 978-3-8392-2231-7.

Öcher Bend-Blues, 2020, ISBN 978-3-8392-2586-8.

(* = als Druckausgabe nicht mehr erhältlich)

Als Originalausgabe:

Garudas Grüße, 2019, ISBN 978-3-7481-9123-0, auch als E-Book erhältlich.

Neuauflagen von Kriminalroman:

Begraben in Garzweiler II, 2018, ISBN 978-3-7528-2469-8 (Hardcover) und 978-3-7494-4609-4 (Paperback).
Kofferjäger, 2018, ISBN 978-3-7528-9746-3.
Tödliche Recherche, 2020, ISBN 978-3-7504-0691-9.
Tödliche Annakirmes, 2020, ISBN 978-3-7519-0656-2.
Tödliches Vertrauen, 2020, ISBN 978-3-7519-0791-0.
Tödliche Spritzen, 2020, ISBN 978-3-7519-6926-0

Nach den Reisen sind bisher als Buch und E-Book erschienen:

Meine Welt: Mein Vietnam, Reiseerzählungen, 2015, ISBN 978-373-865-241-3.
Meine Welt: Mein Kirgistan, Reiseerzählungen, 2016, ISBN 978-373-864-208-7.
Meine Welt: Mein Kuba, Reiseerzählungen, 2016, ISBN 978-373-865-241-3.
Meine Welt: Mein Costa Rica, Reiseerzählungen, 2019, 978-3-7504-1399-3.

Des Weiteren sind erhältlich die Anthologien:

Tödlicher Selfkant (als Herausgeber und Autor), 3. Auflage 2013, ISBN 978-3-981-29262-6.
Kunterbunter Selfkant (als Herausgeber und Autor), 2017, ISBN 978-3-981-29266-4.
Nachbarn unter sich/Buren oder elkaar (gemeinsam mit Helmut Wichlatz als Herausgeber und Autor), 2013, ISBN 978-3-981-29263-3.
Mittsommernachtstexte (gemeinsam mit Helmut Wichlatz als Herausgeber und Autor), 2015 ISBN 978-3-7386-5012-9.

Als Hörbuch liegt vor:
Das Beste aus dem Selfkant (gemeinsam mit René Wagner als Herausgeber und Autor), 2015, ISBN 978-3-981-29265-6.

Eine Geschichtensammlung trägt den Titel:

Der Manöverschaden und andere unglaubliche Katastrophen, 2018, ISBN 978-3-932483-71-4.
Als E-Book erhältlich unter ISBN 978-3-7528-9722-7.